KB099854

바다거북 수프를 끓이자

▪ 이 도서의 국립중앙도서관 출판예정도서목록(CIP)은
서지정보유통지원시스템 홈페이지(http://seoji.nl.go.kr)와
국가자료공동목록시스템(http://www.nl.go.kr/kolisnet)에서 이용하실 수 있습니다.
(CIP제어번호: CIP2020042017)

바다거북 수프를 끓이자

미야시타 나츠
이지수 옮김

마음산책

바다거북 수프를 끓이자

1판 1쇄 인쇄 2020년 10월 15일
1판 1쇄 발행 2020년 10월 20일

지은이 | 미야시타 나츠
옮긴이 | 이지수
펴낸이 | 정은숙
펴낸곳 | 마음산책

편집 | 권한라 · 성혜현 · 김수경 · 이복규 디자인 | 최정윤 · 오세라
마케팅 | 권혁준 · 김종민 경영지원 | 박지혜

등록 | 2000년 7월 28일(제13-653호)
주소 | (우 04043) 서울시 마포구 잔다리로 3안길 20
전화 | 대표 362-1452 편집 362-1451 팩스 | 362-1455
홈페이지 | http://www.maumsan.com
블로그 | maumsanchaek.blog.me
트위터 | http://twitter.com/maumsanchaek
페이스북 | http://www.facebook.com/maumsan
인스타그램 | http://www.instagram.com/maumsanchaek
전자우편 | maum@maumsan.com

ISBN 978-89-6090-647-1 03830

* 책값은 뒤표지에 있습니다.

다른 무엇보다 최고의 것을 만들지 않아도 괜찮다는

안도감을 얻었다는 점이 중요할지도 모른다.

힘을 빼도 된다.

일러두기

1. 외국 인명, 지명, 작품명 및 독음은 '외래어 표기법'을 따르되 관용적인 표기와 동떨어진 경우 절충하여 실용적 표기에 따랐다.
2. 이 책의 모든 주는 옮긴이 주로, 글줄 상단에 표기했다.
3. 잡지와 신문, 영화 등의 매체명, 노래 제목은 〈 〉로, 편명은 「 」로, 책 제목은 『 』로 표기했다.

들어가며

맛있는 것을 좋아한다는 말을 들으면 조금 의아한 기분이 든다. 맛있는 것을 좋아하지 않는 사람도 있을까. 맛없는 것을 좋아하는 사람은 아마도 없을 터다. 그저 미식을 추구하기보다 잠을 자고 싶다거나 재미있는 영화를 보는 편이 더 좋다거나, 그런 것 아닐까. 물론 맛있는 음식은 좋지만 만드는 입장에 설 때는 시간과 수고를 들이고 싶지 않다는 사람도 많을 것이다. 그 정도는 각양각색이라서 색도 깊이도 전부 사람마다 다르다.

365일 내내 아침은 밖에서 먹는다는 사람을 안다. 그가 지금 도쿄에서 먹을 수 있는 가장 맛있는 아침밥을 파는 가게는 여기야, 하고 가르쳐줬다. "가장 맛있다"란 그리 쉽게 할 수 있는 말이 아니다. 그렇게 단언할 수 있는 떳떳함, 맛있는 아침밥을 향한 열정과 투지가 느껴져서 오히려 시원시원했다.

가족이 다 함께 식탁에 둘러앉을 수 있는 끼니는 아침뿐이라며 아침밥에 솜씨를 발휘하는 친구도 있다. 그 친구의 열정과 투지도 상당했다. 맛있는 음식에 쏟아붓는 열정과 투지의 밀도 차나 농도 차 같은 것 속에서 그 사람의 윤곽이 뚜렷하게 드러난다.

나는 어디에 있을까. 맛있는 것을 추구하는 마음이 넓은 바다라고 치면 물가에서 발을 적시는 정도의 미식가인가, 작은 배를 저어나가는 정도의 미식가인가. 해저에 훌륭한 궁전을 짓는 미식가가 있는가 하면 모래사장에서 수박 깨기 놀이를 즐기는 미식가도 있다. 어떤 미식가가 가장 음식을 좋아하는지는 분명 아무도 모를 것이다.

잡지 〈에쎄ESSE〉에 연재를 시작한 때는 2011년 9월호였다. 9월호라면 7월에는 첫 회 원고를 보냈다는 뜻이다. 3월의 동일본 대지진 직후 내가 다른 지면에 쓴 글을 읽고 당시의 편집장이 연락을 줬다. 먹는 것과는 딱히 관계없는 글이었는데, 하고 생각한다. 아마도 사는 것과 먹는 것이 너무도 깊게 관계를 맺고 있으니 무엇을 쓰더라도 먹는 것으로 이어지는 듯하다. 그 뒤로 6년 반 남짓. 서핑도 안 하고 다이빙도 안 하고 모래톱 근처에서 찰방찰방 물장구치는 정도의 미식가인 내가 매월 음식 이야기를 쓰고 있다.

우리 가족은 후쿠이에 사는데 도중에 1년만 홋카이도 도카치의 산속에서 지냈다. 낯선 땅에서 낯선 사람들 속으로 뛰어드는 일은 신선하고 즐거웠지만 불안하기도 했다. 그때 의지처가 되어준 것이 이 연재였다. 매월 한 번 음식에 대해 쓴다. 먹는 것과 쓰는 것이 마음의 지주였다는 느낌이 든다.

책으로 내기 위해 다시 읽어보고 놀랐다. 매회 평범한 일만 쓰여 있다. 평범한, 나의, 인생 이야기다. 횟수로 치면 80회가 조금 못 된다. 아마 나뿐만 아니라 누구의 마음속에도 80회분 정도는 먹는 것에 관한 이야기가 숨어 있으리라 생각한다.

차례

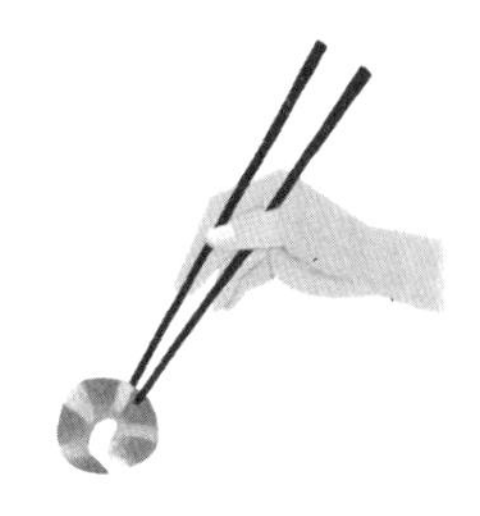

아무것도 아닌 날의 밥과 반찬

추억의 음식

폭설로 갇힌 뒤로 캠핑 같은 식탁이 이어졌지만

비상사태니까 어쩔 수 없다고 여겨왔다.

어쩔 수 없는 곳에도

팬케이크 같은 것이 강림함으로써

우리는 이토록 구원받는다고

절실히 생각했다.

태연자약 스튜를 끓이자

콩을 삶다

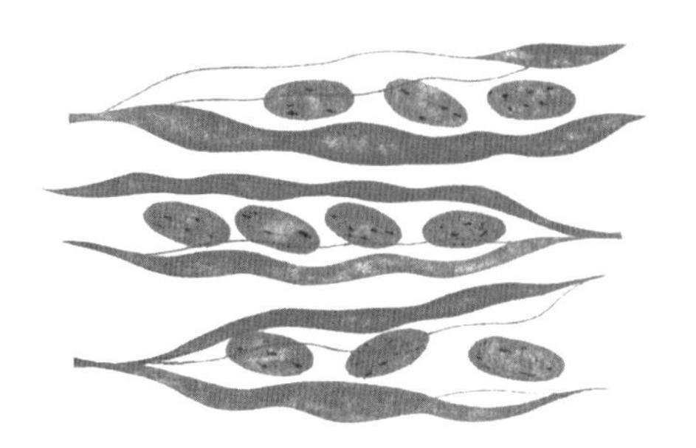

9월로 들어서면 갑자기 하늘이 높아진다. 메아리도 돌아오지 않을 듯한 하늘을 올려다보면 매번 아키타의 시장이 떠오른다.

그 시장에는 채소와 과일과 해산물이 풍성하게 쌓여 있었다. 아침에 갓 따온 듯한 싱싱한 산나물들 앞에서 발걸음이 멈췄다. 산나물에 눈길을 빼앗겼기 때문만은 아니다. 나는 만삭이었다. 금방 숨이 차올라서 오래 걷지 못했다. 내 발밑이 보이지 않을 정도로 배가 부풀어서, 만약 친정으로 돌아가 아이를 낳는다면 비행기를 타야 할 텐데 슬슬 이마저도 힘들어질 정도로 한계가 다가오고 있었다.

이제 곧 아기가 태어난다고 생각하면 당연히 행복했다. 하지만 만사가 잘 풀리던 것도 아니었다. 몇몇 문제로 기분은 동요하고 있었다.

시장 한구석에 콩가게가 있었다. 각양각색의 콩이 되에 가득했다. 한창 더울 때 콩을 삶으려면 고생스럽지만 이제 슬슬 선선해지지 않을까. 그런 생각을 하며 가게 앞을 바라보고 있었더니 자요, 하며 아저씨가 한 알 건네줬다. 손바닥으로 받은 하얗고 길쭉한 콩.

"강낭콩이에요. 집에 가면 흙에 심어봐요. 싹이 날 테니까."

아저씨는 웃었지만, 나는 웃을 수 없었다. 흙에 심으면 싹이 난다. 그런 식으로 생각한 적은 없었다. 이 콩은 살아 있는 것이다. 씨앗이기도 하고 생명이기도 한 살아 있는 콩. 그것을 먹는 게 갑자기 무서워졌다.

하지만, 그렇지만, 포근하고 따스하기만 한 생활 따위는 없다. 냄새로 분간해낸 작은 모순도, 당혹도, 기쁨도 눈물도 언젠도 일상 여기저기서 숨죽이고 있다는 사실을 나는 이미 알고 있었다.

부엌의 커다란 냄비에 콩을 보글보글 삶는다. 북쪽 땅의 어슴푸레한 방으로 수증기가 녹아든다. 그런 평온하고도 그리운 듯한 광경에도 얼마나 부조리가 섞여 들었을까.

맑은 가을 하늘 아래 강낭콩을 한 봉지 샀다. 집에서 삶을 때는 바구니에 담겨 있던 토마토나 돼지호박과 함께 끓여서 수프를 만든다. 그렇게 해서 남편과 둘이 먹어버리자. 콩 속에 잠들어 있는, 앞으로 틀림없이 싹을 틔울 힘까지 함께.

우리는 이제부터야. 그때 분명히 생각했다.

아펠쿠헨

아기가 태어나도 남편은 일이 정신없이 바빴다.

아침 일찍 나가서 밤늦게까지 돌아오지 않았다. 나는 갓난아기와 둘이서, 갓 이사한 맨션 7층의 한 방에서 지냈다. 밤중에 심하게 우는 아이여서 밤에 푹 자본 기억이 없다. 그래도 일찍 일어나 아침밥을 차렸지만 언제부터인가 남편은 나를 깨우지 않고 나갔다. 아마 나의 수면부족을 걱정해줬던 거겠지. 갓난아기 옆에서 눈을 뜨면 이미 아침이 아닐 때도 많았다. 닫힌 방에 아기와 단 둘. 아기는 종일 울거나, 젖을 먹거나, 자거나이니 하루가 어디서 시작되어 어디로 이어져나

가는지 알 수 없었다.

아기가 잠든 틈을 타서 과자를 구웠다. 찰나를 아끼며 밀가루를 뿌리고 달걀 거품을 내고 버터를 이겼다. 묵묵히 만들어서 오븐에 구웠다. 마치 무언가에 홀린 양, 눈 아래로 다크 서클을 드리운 채 계속 구웠다. 아기가 잠들었다면 늘 쌓여 있던 집안일을 해치우는 편이 좋았을 텐데. 언제나 수면부족에 시달렸으니 함께 자버려도 좋았을 텐데.

아기는 아직 과자를 먹지 못했다. 나 혼자서는 맛을 보는 정도다. 하지만 맛도 왠지 아리송했다. 한밤중에 돌아오는 남편 몫으로 대부분을 남겼다. 이제와 생각해보니 그 많은 과자를 남편은 대체 어떻게 했을까.

가을이 깊어져 홍옥이 시장에 나오는 무렵, 드디어 남편이 휴가를 얻었다. 아기를 데리고 밖에 나간다고 한다. 두 사람을 배웅한 나는 죽은 듯 잠을 잤다. 깊게, 깊게. 그런 다음 아펠쿠헨독일식 사과 케이크을 구웠다. 오븐에 넣기까지 10분도 안 걸리는 간단한 레시피다.

다 구워질 무렵 남편과 아들이 돌아왔다.

"사과랑 버터 냄새가 좋네."

남편이 기쁜 기색으로 말했다. 갓 구운 것을 잘라서 둘이 먹었다. 소박하고, 따뜻하고, 눈물이 날 정도로 맛있었다.

태연자약 스튜

『작은 아씨들』의 첫머리에 크리스마스 장면이 나온다.

어머니가 올해 크리스마스는 선물 없이 보내자고 딸들에게 제안한다. 전쟁 중의 세상에는 불행이 많아서 크리스마스를 축하할 기분이 아니라는 것이 그 이유다.

네 자매와 어머니는 그 뒤 가난해서 크리스마스 준비를 못 하는 집으로 가 자신들의 크리스마스 만찬을 죄다 선물한다. 선물도 만찬도 없는 크리스마스. 여러 이유로 크리스마스를 축하할 수 없는 사람들을 생각하는, 동심에 남는 한 장면이었다.

이번 설날을 어떻게 맞이할까. 일본 어디에나 진심으로 새해를 축하하지 못하는 사람이 있는 2012년의 설날을 2011년 3월 11일에 일어난 동일본대지진의 여파가 이때까지 이어지고 있었다 자숙하는 것은 조금 아닌 듯하다. 세뱃돈을 기부하면 어떨까. 피해 지역에 설음식을 대접하는 것은?

아이들과 이모저모 이야기를 나누며 생각하고, 그런 다음 친구에게 물어봤다. 센다이에 있던 친구는 재해를 입었다. 한여름까지 불편하고 부자유한 생활을 몇 개월이나 면치 못했다.

"이번 설날? 으음, 딱히 해줬으면 하는 건 안 떠오르는데. 평범한 설이 좋아."

친구는 담담하게 말했다.

"우리 집은 괜찮아, 모두 살아 있으니까."

친구의 입에서 나온 괜찮다는 말에 완만하고 드넓은 들판이 떠올랐다. 친구의 아들은 지진 이후로 귀가 들리지 않는다. 정신적인 충격 탓인 것 같다. 그럼에도 확실히 살아 있다. '괜찮아'라는 이름의 들판에서 토끼처럼 귀를 쫑긋 세우고 회복의 때를 기다리는 어린 남자아이의 모습이 보이는 듯했다.

"일단 설에는 이쪽으로 돌아와. 맛있는 스튜를 만들어서 기다릴 테니까."

"무슨 스튜?"

갖은 콩과 채소를 듬뿍 넣고 보글보글 푹푹 끓여서 만드는 스튜다. 한 그릇 가득 담아 다 먹을 무렵에는 배 속 깊은 곳부터 데워져서 느긋한 기분이 든다.

"태연자약 스튜라는 이름이야."

"아아, 좋네."

친구가 전화기 너머에서 웃었다.

맛있는 냄새

원래 나는 후각만은 좋았다. 맛있는 냄새에도 민감했고, 반대로 평소와 아주 조금만 달라도 그 이유를 정확하게 냄새로 구분해냈다.

이를테면 내가 학교에 간 사이에 어머니가 먹은 간식이 무엇이었는지 냄새로 알아맞힌다. 혹은 뭔가를 먹을 때 냉장고 안에 나란히 있었던 식재료가 무엇인지까지 알아맞힐 수 있었다.

"대단하네."

어머니는 내 코를 칭찬했지만 분명 조금 성가신 기색이었다. 후각이 뛰어나봤자 딱히 좋은 일은 없다. 남이 느끼지 못하는 부분을 느끼는 것은 쓸모없을 뿐만 아니라 때로 작은 마찰조차 일으킨다. 살짝 오래된 달걀, 조금 덜 익은 양파 수프. 의기양양하게 냄새로 구분해내 보이던 시절을 지나, 불쾌한 냄새를 감지해도 그것을 입 밖에 내지 않는 지혜를 나는 익혔다.

그렇다 해도 코가 좋다는 것은 내 은밀한 자랑이었다. 좋은 요리인이 되려면 혀보다 우선 코가 좋아야 한다고 들었다. 그것만으로도 기뻤다. 가족을 위해 요리할 때 고작 그만한 것이 마음의 지주가 되었다. 내 코가 괜찮다고 느끼면 괜찮아. 신선한지 아닌지, 적당히 익었는지 아닌지, 요컨대 맛있는지 아닌지를 코에 의지했다.

피부의 탄력이 젊은 시절과는 다르듯, 사물의 이름이 금방 입 밖으로 나오지 않게 되듯, 내 코는 예전만큼은 예민하지 않게 되었다. 이 후각이 둔감해지면 얼마나 쓸쓸할까. 쭉 걱정이었다. 어쨌거나 내 입장에서는 남보다 뛰어난 단 하나의 능력을 잃게 되는 것이니까.

아무래도 기우였던 모양이다. 의외로 괜찮다. 후각이 예민할 때 꾸준히 키워둔 것이, 둔해진 뒤의 생활을 충분히 뒷받침해준다.

"엄마, 물컵은 식기세척기에 넣지 마."

아이가 하는 잔소리에 웃음이 난다. 맞아, 컵만은 전용 스

편지로 씻지 않으면 희미한 냄새가 묻어나서 싫었지, 하고 떠올렸다.

크리스마스 밤

크리스마스가 다가오면 초조해진다. 슬슬 크리스마스 케이크에 넣을 건과일과 견과를 양주에 절여야지. 이렇게 의지를 불태웠던 것은 결혼 전까지다. 양주가 듬뿍 든 과일 케이크 같은 건 아이는 못 먹는다. 배 속에 이것저것 집어넣은 칠면조도 딱 한 번 의욕적으로 만들었지만 가족들에게 "고기가 퍼석퍼석해"라는 말을 들었고, 게다가 "소스가 싫어"라며 그레이비 소스마저 거부당했다.

그 뒤로 메인 요리는 뼈 있는 닭다리 구이가 되었다. 소금, 후추, 마늘, 로즈마리, 올리브오일에 재워둔 닭을 오븐에 굽기만 하면 된다. 간단한 요리지만 아이들은 몹시 좋아하며 뼈에 달라붙은 고기까지 깨끗하게 먹었다. 한 개로는 부족하다고 해서 두 개씩 구운 해도 있다. 한 개는 프라이팬에서 데리야키달콤한 간장 양념을 재료에 발라가면서 굽는 조리법풍으로 만들어 비교하며 먹어봤는데, 역시 둘 다 평소대로 굽는 편이 좋다는 결론이 나왔다. 그래서 이듬해는 같은 맛으로 두 개를 구웠더니 왠지 감사하는 마음이 옅어진 기분이었다.

지금은 구운 닭다리 하나씩으로 정착했다. 수프는 대체로 미네스트로네각종 재료에 파스타나 쌀을 넣어 걸쭉하게 만드는 이탈리아의 채소 수프. 주식은 밥이고 나머지는 소송채 간장조림이나 익힌 채소와 유도후다시마 육수에 삶은 두부에 각종 고명을 올리고 간장을 쳐서 먹는 요리 등 일식 반찬도 아무렇지 않게 차려놓는 크리스마스다. 양초를 켜고, 케이크가 있고, 선물이 기다리고 있고, 얼마나 행복한 밤인지.

실제로는 연말부터 시작될 휴가를 앞두고 빡빡하게 들어온 일을 전력으로 마무리지어야 하는 시기다. 크리스마스 밤, 같이 자자고 조르는 아이들에게 지금부터 또 일을 해야 한다고 말하자 아쉬운 듯 침실로 물러났다.

식탁 위에 편지가 놓여 있었다. 딸의 글씨였다. 한 통은 산타 할아버지에게. 춥고 먼데도 와주셔서 고마워요, 라고 쓰여 있어서 몰래 커다란 하트 모양을 그려 답장한 척했다. 다른 한 통은 엄마에게. 사랑하는 엄마, 일 힘내. 산타 할아버지한테 엄마 선물도 부탁해뒀어, 라고 쓰여 있었다.

다음 날 아침, 딸이 기쁨에 겨워 엄마는 무슨 선물 받았어? 하고 묻기에 엄마는 이미 평생 받을 선물을 받았어, 하며 딸을 껴안았다.

선물은 지금, 생글생글 웃으며 눈앞에 있다.

후무스

된장국을 만들 때 넣는 된장은 되도록 산지가 먼 것이 좋다고 한다. 이를 가르쳐준 된장가게 주인에게 이유를 물었더니 "멀리서 만들어진 것끼리 한 냄비에 합쳐 넣는 편이 왠지 모르게 맛있어지거든요" 한다.

왠지 모르게, 라는 대답. 대답이 되지 않았는데도 대충 알 것 같은 느낌이 들었다. 거리가 가까우면 싸움이 잘 일어나지 않는가. 거리가 멀면 개성이 완전히 달라서 오히려 서로가 서로를 돋보이게 한다.

하지만 몇 가지 과일을 섞어서 잼을 만들 때는 한 계절에

난 것, 그것도 되도록 비슷한 색깔을 조합하면 좋다는 이야기도 들은 적 있다. 된장국과는 반대다. 식재료의 조합은 거리가 먼 편이 좋은 것만도 아닌 모양이다. 같은 계절에 수확한 것이 아니라면 물리적으로 함께 조리기 어렵다는 이유도 있겠지. 그러면 색깔까지 비슷한 과일이 좋다고 하는 건 어째서일까. 예쁜 색으로 완성되기 때문일까. 멀고 가까움뿐만은 아닌 비밀이 있는 걸까.

슬슬 오세치 요리국물이 없고 보존성이 높은 음식을 찬합에 담아 먹는 일본의 설음식의 계절이다. 식재료를 사러 가면 매년 감탄한다. 꽤나 다양한 식재료를 쓰는구나, 하고. 나마스수육이나 어육에 조미료를 쳐서 날로 먹는 음식. 설에는 홍백나마스라고 해서 무와 당근을 채썰기하여 식초에 절여 먹는다가 있고, 구리킨톤당도 높은 밤 또는 고구마 고물에 삶은 밤을 섞어 넣은 달콤한 요리이 있고, 다테마키달걀 푼 것에 다진 흰살 생선을 섞어서 두껍게 말아 부친 음식가 있고, 니시메뿌리채소류나 감자류처럼 수분이 적은 재료에 간을 하여 조리는 음식으로 닭고기, 어묵, 생선을 넣기도 한다가 있고. 그 재료만 해도 장바구니가 넘친다. 옛날 사람들은 행운을 부르는 다양한 식재료를 찾아내어 찬합에 담았겠지. 되도록 예쁘게, 맛있게, 오래 보존할 수 있도록 식재료도 조리법도 궁리해왔을 것이다. 바다에서 나는 것도 산에서 나는 것도 들에서 나는 것도 모두 모아 화사하게 담았겠지. 가까이에서는 물론 먼 곳에서도 좋은 것을 모아서 경사스러운 날의 식탁을 차린다. 친척끼리 찬합에 둘러앉음으로써 새로운 시간의 마디를 축하하고 친교를 다졌을 것이다.

멀리서, 가까이에서 모여든 것은 식재료뿐만이 아니었다. 지금처럼 교통수단이 발달하지 않았던 시절, 사람들은 설날 같은 특별한 기회에만 모일 수 있었다. 여기저기서 모여든 것은 찬합 속 식재료뿐만 아니라 사람들도 마찬가지였다.

그 점을 생각하면 이만큼 오세치에 안성맞춤인 것은 없다고 생각되는 요리가 후무스다. 부드럽게 삶은 병아리콩을 으깬 다음 참깨 간 것과 올리브오일로 버무린다. 중동의 콩 요리라고 한다.

우리 집의 오세치는 꽤나 우리 식인데, 그 가운데서도 후무스는 이색적이다. 오세치에 후무스를 넣는다는 사람을 나는 이제껏 만난 적이 없다. 왜 후무스가 오세치에 들어가게 되었느냐면, 처음에는 어렸던 아이들을 위해서였다. 전통적인 오세치에는 딱히 식욕이 자극되지 않는 듯한 아이들도 먹을 수 있게 만들자고 생각했던 것이다. 오세치의 단골 메뉴인 검정콩조림과는 콩이라는 공통점이 있고, 갈아서 만드는 점은 다테마키와 통하는 데가 있다. 그저 보좌역을 맡길 셈으로 찬합 한구석에 넣었는데 뜻밖에도 호평을 얻었다. 그것이 해가 지나도 그대로 남았다.

팔레스타인에 세계에서 가장 맛있는 후무스 가게가 있다고 한다. 그 후무스를 먹으려고 사람들이 이스라엘과 팔레스타인 양쪽에서 모여든다 한다. 정치적으로 적대하는, 분명 서로가 먼 사람들이 한 가게에서 같은 요리를 먹는다. 멀든 가깝든 맛있는 요리 주위에는 사람들이 모여든다. 그때는 적도 아군도 없겠지. 같은 것을 먹고 맛있다고 느끼면, 어쩌면 조금은 그들 사이가 가까워질지도 모른다. 올해도 병아리콩을 으깨며 평화를 기원해야지.

밤밥

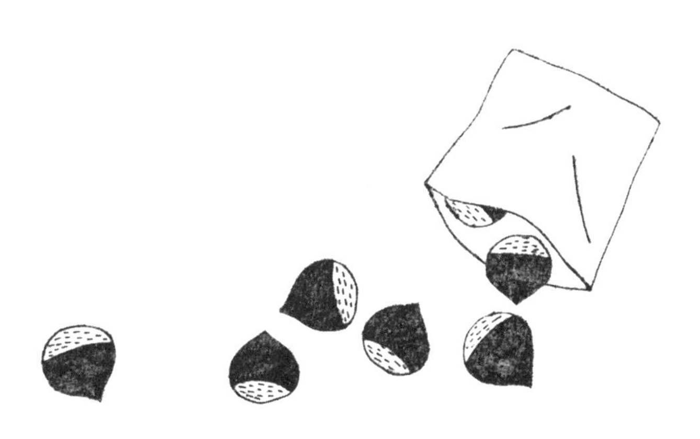

오랜만에 만나는 친구와 차를 마셨다. 친구는 자신의 친정에서 차로 20분 거리에 산다. 친정에는 친구의 부모님이 살고 계셔서 가끔 아이들을 데리고 놀러 간다고 한다. 연년생인 아이들이 어릴 때는 더 자주 찾아가서 한숨 돌리고는 했다. 하지만 손이 한창 많이 가는 시기를 지나 아이들 각자에게 놀러 가는 장소가 생기자 친정행은 다소 뜸해졌다고 한다.

"그래도 한 달에 두세 번은 가는 것 같아. 이제까지는 돌봐주시기만 했는데 이번에는 내가 돌봐드리는 쪽으로 중심축이 이동했어."

그건 나도 잘 안다. 고작 몇 년 사이에도 부모 자식 관계는 변한다.

겨울의 토요일이었다. 그날은 마침 친구의 남편이 아이들을 영화관에 데려간다고 해서, 오후에 친구 혼자 들르겠다고 친정에 연락을 했다 한다. 그러자 친구의 아버지가 밤밥이 먹고 싶다고 말씀하셨단다.

"평소에는 밥은 거의 같이 안 먹어. 나는 집에 가서 식구들 밥을 차려야 하니까."

그런데도 그날은 어째서인지 요청이 있었다. 게다가 밤밥. 계절은 지났다.

"가을이 오면 만들어드린다고 대답했지."

그런데 무심코 들른 화과자 가게에 밤만주가 있었다. 친구의 머릿속에는 문득 어떤 생각이 스쳐 갔고, 가게 사람에게 혹시 저장해둔 밤이 있느냐고 물어봤다 한다.

"그랬더니 삶아서 냉동해뒀는데 조금이라도 괜찮으면 가져가라며 통통한 밤을 나눠주셨어."

친구는 부모님이 좋아하는 화과자와 생각지 못하게 손에 넣은 밤을 들고 친정에 갔다. 아버님 요청대로 밤밥을 만들어서 오랜만에 친정에서 함께 저녁밥을 먹고 돌아왔다고 한다.

"그날은 아버지도 어머니도 기분이 좋으셔서 밤밥 맛있네, 맛있어 하며 싱글벙글하셨지."

친구의 아버지는 다음 날 아침 일어나지 않으셨다고 한다.

그 사실을 깨달았을 때는 이미 숨이 멎어 있었다는 것이다.

"놀라고 슬퍼서 나까지 심장이 멎을 지경이었어."

그 기억을 떠올린 듯 친구의 목소리가 떨렸다. 하지만 미소 띤 얼굴이었다.

"아버지는 밤밥으로 나를 구해준 거야."

소중한 사람이 세상을 떠나면 남겨진 사람은 슬픔 위에 후회를 겹치게 된다. 제대로 만나두었더라면 좋았을걸, 상냥하게 대했다면 좋았을걸, 해줄 수 있는 일이 더 있지 않았을까. 그 후회를 친구의 아버지는 밤밥 하나로 모조리 해소해줬다. 때 아닌 밤밥은 아버지께 드리는, 그리고 아버지께 받은 다정한 선물이었을 것이다.

모든 죽음이 떠올리면 미소 지을 수 있는, 슬픔이나 후회를 잊게 만드는 따스한 추억과 함께이기를.

커다란 냄비

예전부터 쭉 냄비를 갖고 싶었다. 한꺼번에 십수 인분을 끓일 수 있는 커다란 원통형 냄비를 동경해왔다. 은색 무광택에 두껍고 단순한 냄비. 스튜를 끓이거나 카레를 만들거나 콩 수프도 한 번에 잔뜩 끓일 수 있다면 얼마나 좋을까. 많이 만드는 편이 맛있게 완성될 테고, 다음 날도 그다음 날도 즐길 수 있다는 점 또한 근사하다. 무엇보다 늘 커다란 냄비에 맛난 것을 끓여두고 가족의 귀가를 기다리는 어머니가 되고 싶었다.

동시에 지금 가지고 있는 것을 잘 돌려쓰고 싶은 마음도 있었다. 작은 냄비와 중간 정도의 냄비와 큰 압력솥. 산속 작은 집으로 이사를 앞두고 이 냄비 세 개를 최대한 활용해서 가족 5인분의 요리를 만들도록 하자고 생각했던 것이다.

냄비는 사려고 마음만 먹으면 살 수 있다. 냄비뿐만이 아니다. 옷도, 신발도, 책도, CD도 마찬가지일지 모른다. 자꾸자꾸 사들여서 자꾸자꾸 고마움이 옅어지는 경험을 몇 번이나 해왔다. 정말로 필요한 물건만을 필요한 수량만큼 엄선해서 가진다. 그래야 이상적이라고 생각하게 되었다.

몇 번이나 실패했다. 너무 무거운 냄비는 결국은 장에 넣어 버렸다. 비싼 냄비를 태웠을 때는 꽤나 풀죽었다. 신혼 초에 산 작은 냄비는 그 뒤로 아이들의 이유식을 만드는 데 요긴하게 썼지만 지금은 너무 작아서 쓸 일이 없어졌다.

하지만 냄비에는 역사가 있다. 실패해도, 그렇지 않아도. 냄비 하나하나에 추억이 있다. 언제 어디서 샀는지, 어떤 식으로 써왔는지, 그 냄비로 가장 많이 만든 요리는 무엇인지.

우리 집 압력솥은 첫째가 태어나고 곧바로 샀다. 정어리나 꽁치를 뼈까지 흐물흐물하게 푹 삶아서 먹이는 데 기쁨을 느꼈다. 아이가 셋으로 늘어난 뒤에도 활약했다. 커다란 압력솥으로 식재료를 삶은 뒤 중간 크기의 냄비에 덜고 양념을 적게 넣어서 순한 맛 카레를 만든다. 아이들이 커가며 먹는 양이 늘어나자 중간 냄비에 덜어내서 만드는 것은 어른용 카레가 되었다. 지금은 큰아들도 어른용 카레를 먹게 되어서 다시 양이 역전되었다.

홋카이도에서 겨울을 맞이한다. 물건을 사러 나가기도 쉽지 않은 산속이다. 작은 집 부엌의 가스레인지 위에 언제나 놓여 있는 큰 냄비. 뚜껑을 열면 뜨거운 김이 피어오른다. 속에는 무나 양배추나 콩이 익고 있다. 창밖은 순백. 밖에서 돌아온 아이들의 뺨은 새빨갛다. 분명 이 커다란 냄비가 가족을 지탱해준다—이건 내가 썼지만 좋은 이야기라고 생각한다.

"봐, 큰 냄비가 있으면 좋을 것 같지?"

물어보자 남편은 두말없이 찬성했다.

이리하여 우리 집에 커다란 원통형 새 냄비가 왔다. 이윽고 또 세월이 흘러 아이들이 보금자리를 떠나 이 냄비를 꺼내는 횟수도 줄어들 때가 오겠지. 그때는 다시 이 사람과 둘이서 작은 냄비로 돌아가자고 생각했다.

매실 작업

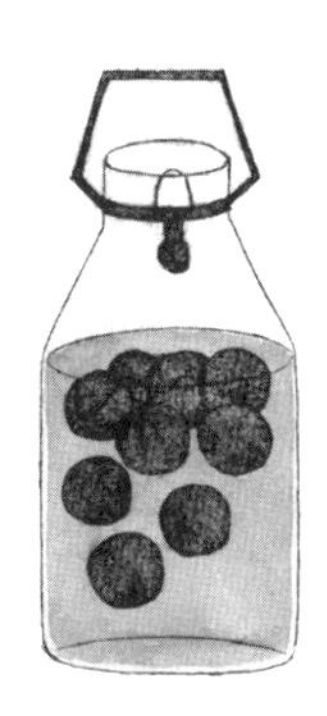

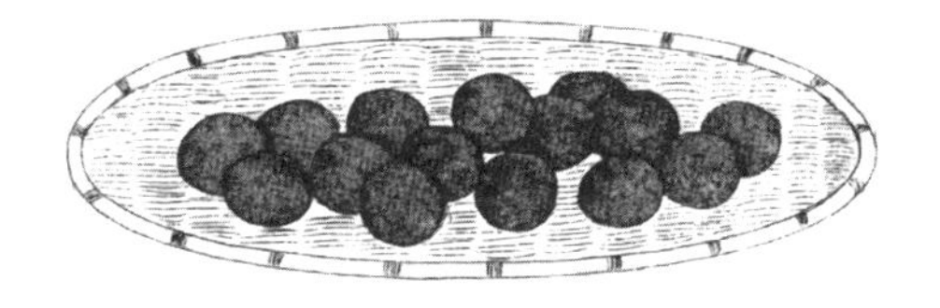

매년 매실을 대량으로 절이는 집에서 자랐다.

매실 작업, 이라고 하는데 실제로 작업이라기보다 노동이라고 부르고 싶어질 정도로 대량의 청매실을 하나하나 정성껏 씻어서 닦은 뒤 꼭지를 따고 소금이나 술이나 얼음사탕에 절여나간다.

어머니는 순수하게 매실을 좋아했다. 어릴 때는 아직 맛이 덜 든 매실을 통에서 하나씩 꺼내 먹는 것이 가장 큰 즐거움이었다고 한다. 잘도 청매실에 중독되지 않았구나 싶다청매실에는 시안 배당체라는 독성 물질이 미량 들어 있다. 먹거리가 풍족하지 않았던 시대에 근처로 시집간 당신의 큰언니가 도시락 통에 우메보시 매실을 소금에 절여 만든 것. 살균 및 방부 효과가 있어서 도시락에 넣으면 음식이 쉽게 상하지 않는다를 몰래 넣어줬던 것을 잊을 수 없다고도 이야기했다. 그런 기억도 매실 작업을 시작하게 만드는 원인 중 하나일까. 혹은 후쿠이현에는 미카타라는 매실 명산지가 있다는 점도 관계있을지 모른다. 어쩌면 매실 작업을 소화해내야 어엿한 주부라는 식의 배짱도 있었을지 모른다.

하지만 그런 어머니 밑에서 나고 자란 나는 매실을 그다지 좋아하지 않았다. 더군다나 어머니의 매실 작업이 너무도 고된 것을 보고 꿍무니를 빼버렸다. 그렇게 힘든 일은 나는 못해, 하기 싫어, 생각했다.

그런데 우연히 우리 집에도 매실 애호가가 태어났다. 미각은 기르는 거라지만, 그리고 그것은 분명 사실이라고도 생각하지만, 타고나는 부분은 아주 많다. 분명 세 아이들을 똑같이 길렀는데 둘째만 이상하게 매실을 좋아했다. 갓난아기 때부터 매실을 좋아했고 우메보시조차 주면 방긋방긋 웃었다.

분홍색 꽃이 활짝 필 때의 매화나무 숲을 본 적이 있다. 근사했다. 어렸던 아이들도 탄성을 질렀다. 둘째 아이는 특히 손바닥을 짝짝 마주치며 좋아했다. 꽃은 꽃만으로 아름다워서 열매가 되기 위해 피었다고는 도저히 생각할 수 없었다. 그 사랑스러운 꽃의 꽃술이 이윽고 부풀어 올라 열매가 된다면 꿈처럼 맛있는 것이 당연하다고 생각했다. 매실을 애틋하게 여기는 마음이 가슴속에 확실히 생겨난 순간이었다.

지금은 나도 매년 매실을 절인다. 우메보시를 30킬로그램, 이에 더해 매실주나 매실 시럽을 15킬로그램 정도. 그래서 이 계절은 정신이 없다.

일의 순서를 정해두고 매실이 도착하기를 이제나저제나 기다린다. 완전히 익은 매실을 되도록 큰 상자나 소쿠리에 늘어놓고 겹치지 않게, 바람이 잘 통하도록 놓는다. 매실이 농익는다. 점점 노르스름한 빛깔로 변해간다. 이 동안이 더없이 행복한 때다. 현관문을 열기만 해도 향기로운 냄새가 물씬 풍긴다. 온 집 안이 새콤달콤한 과실의 향기로 가득하다.

가족이 총출동해서 씻고 닦고 절인다. 우메보시라면 그 뒤의 도요보시6월경에 수확하여 소금에 절인 매실을 장마가 걷힌 뒤 사흘 정도 햇볕에 말리는 것 작업도 이른 아침부터 큰일이다. 그래도 기쁘다. 어린 마음에 그렇게 힘든 일을 나는 못한다고 생각해왔지만, 힘들기만 한 것도 아니었다는 사실을 스스로 해보고 깨달았다.

완성되면 둘째 아들이 기뻐하겠지. 올봄부터 고등학생이 되어 도시락 생활이 시작된 큰아들에게도 매일 들려 보낼 수 있다. 그런 미래의 즐거움을 직접 준비할 수 있다니 작지만 확실한 기쁨이다. 어머니의 큰언니가 시집간 뒤에도 터울이 많이 지는 여동생의 도시락 통에 매일 아침 우메보시를 넣어줄 수 있었던 것 역시 직접 절였기 때문이겠지. 작은 기쁨은 사람에서 사람으로 이어져 가는 것 같다.

스펀지와이프

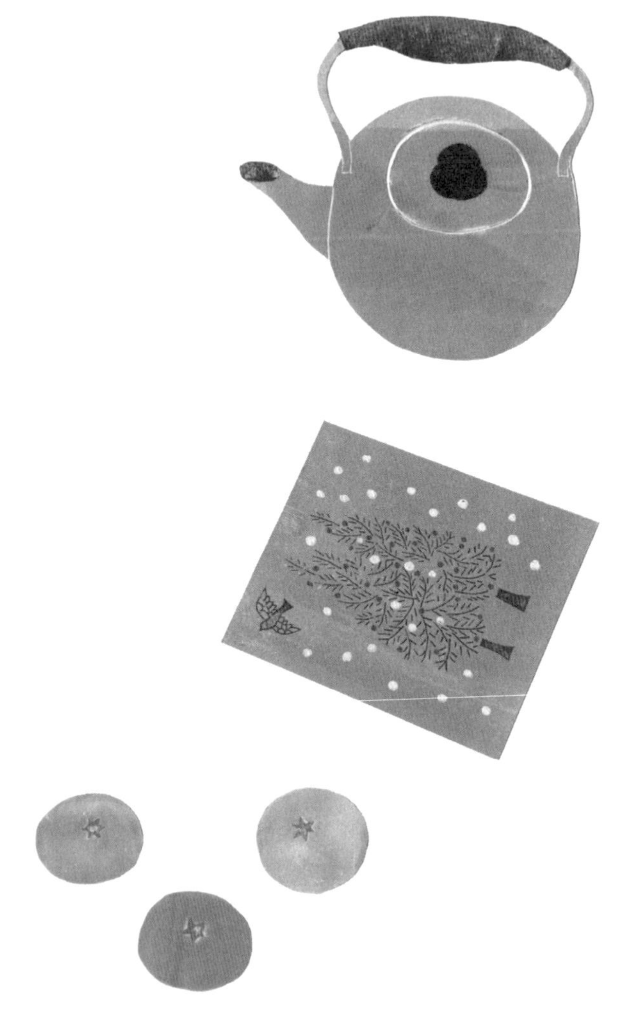

다들 이걸 하면 기분이 좋아지는 모양이에요.

그렇게 권하기에 늘 가는 미용실에서 처음으로 네일 아트를 받았다. 집에 틀어박혀 일하는 매일이고, 딱히 어디에 갈 예정도 없다고 거절해왔지만 미용사는 거울 너머로 자신만만하게 속삭였다.

"처음에는 다들 그렇게 말씀하세요. 그런데 별로 흥미 없던 분도 여기서 네일 아트를 받으면 마음이 바뀌는 것 같아요."

"집에 있어도 예쁜 손톱이 눈에 들어오면 그것만으로 집안일을 하는 것도 즐거워진대요."

정말 그럴까, 하고 마음이 흔들렸다. 키보드를 칠 때 보이는 손끝이 말끔하게 손질되어 있으면 역시 기분이 좋아서 원고도 술술 써질까. 시험 삼아 해볼까.

무난한 펄 핑크로 물들인 손끝을 봤다. 그러나 특별한 감회는 피어오르지 않았다. 좀 더 기분이 확 밝아지지 않을까 기대했는데 오히려 손가락뿐만 아니라 손등도 우렁차게 나이를 드러내는구나, 하며 깨닫기 싫은 것까지 깨닫는다. 그뿐만이 아니다. 손톱의 미묘한 중량감이 신경 쓰여서 키보드를 치는 속도가 떨어졌다. 쌀을 씻을 때는 매니큐어가 벗겨질까 봐 걱정이었다. 아무래도 나한테는 잘 맞지 않았던 모양이다.

그런 때 어느 일러스트레이터 분께 스펀지와이프를 받았다. 스펀지와이프란 식물 섬유와 면으로 만든 행주 같은 물건이다. 세련되었다고는 생각했지만 이제까지 쓴 적이 없었다. 귀여운 잡화는 나의 부엌에 별로 어울리지 않는다고 굳게 믿고 있었다. 하지만 봉투를 열자 나도 모르게 탄성이 터졌다. 그분의 근사한 일러스트가 그려져 있었던 것이다. 예뻤다. 이건 아까워서 못 쓰겠다고 생각했다. 봉투에서 꺼냈던 것을 도로 넣었다. 그런 다음 또 꺼내서 찬찬히 일러스트를 살펴보고 다시 봉투에 넣었다.

그 모습을 지켜보던 초등학생 딸이 답답하다는 듯 물었다.

"왜 집어넣는 거야?"

"아까우니까 그렇지."

"안 쓰면 더 아깝잖아."

딸은 어느새 옳은 소리를 할 수 있을 정도로 성장한 모양이다. 그래도, 아깝다. 더럽히고 싶지 않다. 깨끗한 채로 보관해 두고 싶다.

"그 마음은 알겠지만 안 꺼내두는 게 오히려 아까워. 봐, 여기에 꺼내두자."

그렇게 말한 뒤 딸은 스펀지와이프를 내 손에서 가만히 가져가 아일랜드 식탁에 툭 놓았다.

앗, 하고 생각했다. 묘하게 좋다. 갑자기 부엌에 빛이 들어온 것 같았다. 스펀지와이프 자체도 부엌에 있자 더욱 빛나 보인다. 기뻐하며 부리나케 주변을 정돈했다. 오랜만에 식탁 상판을 반짝반짝 닦기도 했다. 매니큐어가 벗겨져도 아랑곳

하지 않고.

네일 아트보다 스펀지와이프. 적어도 나는 그렇다. 스펀지와이프 한 장으로 이렇게 기분이 좋아지리라고는 생각지도 못했다.

불순물

음악가를 차에 태우게 되리라는 사실을 알았다면 그 CD는 틀지 않았을 것이다. 어느 모임 뒤, 집에 가는 방향이 같은 몇 사람을 내 차로 데려다주게 되었다. 그 가운데 클래식 음악 작곡과 연출, 연주를 하는 프로 음악가가 있었다. 나는 평소 차 안에서 클래식을 별로 듣지 않는다. 대체로 좀 더 편한 음악을 듣는다. 운전할 때는 음악에 정신이 팔리고 싶지 않아서다. 그런데도 그날따라 클래식이었다. 야나체크의 바이올린.

말할 것도 없이 음악 전문가를 태울 때는 시시한 음악을 트는 편이 좋다. 수납의 달인이 내 옷장을 열어보거나 프로 요리사가 내 부엌을 들여다보면 부끄러운 것과 마찬가지다. 망했다, 라고 생각할 틈도 없이 그 사람은 차가 출발하자마자 물었다.

"아아, 좋네요, 이거. 누가 켜는 거예요?"

운전하며 연주자의 이름을 알려주자 그가 말했다.

"굉장히 예쁘네요."

얼마간 잠자코 듣고 있는 듯했다. 긴장했다. 굉장히 예쁘다고는 나도 생각한다. 그다음의 한마디를 듣고 싶기도 하고, 듣고 싶지 않기도 한 기분이었다.

그런데, 하며 그는 조심스레 말을 이었다.

"좀 지나치게 예쁘네요."

그 한마디로 눈앞에 끼어 있던 안개가 걷힌 느낌이었다. 이 CD를 들을 때마다 마음에 걸렸던 점은 그 부분이었어, 하고 생각했다. 매우 예쁜 연주였지만 좀 지나치게 예쁘다. 지나치게 아름다운 것과는 다르다. 지나치게 예쁘다는 것은 칭찬이 아니다.

소설을 쓸 때, 특히 단편을 쓸 때 예쁘게 쓰고 싶지 않다. 예쁜 이야기를 쓰고 싶지 않은 것은 아니지만, 예쁘게 마무리하는 것은 재미없다. 사람이 살아가는 데 예쁘기만 해서는 맛이 없다. 애초에 예쁘게 살아가기 따위는 불가능하다. 예쁘게 살아갈 수 있을 정도라면 소설은 필요 없다. 보다 성실하게 거기에 있는 것, 거기서 일어난 것, 거기서 생겨난 것을 쓴다.

그것이 소설이라 생각한다.

음악도 마찬가지일 것이다. 예쁘기만 해서는 음악이 될 수 없지 않을까.

그런 생각을 하며 밤길을 달렸다.

집으로 돌아와 콩을 삶는다. 문득 요리도 비슷할지 모른다는 생각이 들었다. 콩을 삶을 때는 늘 조절에 신경을 쓴다. 삶기는 정도를 조절하기보다 불순물을 걷어내는 정도를 조절하는 데.

불순물을 걷어내는 것은 기본이다. 수프가 탁해지거나 떫은맛이 나는 일은 피하고 싶다. 하지만 냄비 앞에 서서 그저 불순물만 계속 걷어내다 보면 불순물과 불순물이 아닌 것의 경계가 어디인지 알 수 없게 된다. 그도 그럴 게, 불순물도 불순물이 아닌 것도 콩이다. 원래는 콩이었다. 멋대로 삶으면서 이것은 불순물이라느니 불순물이 아니라느니 골라내는 자신의 좁은 도량에 고개를 갸웃거리고 싶어진다.

순정율주파수의 비가 단순한 정수비인 순정음정만을 사용하여 규정한 음율. 음을 겹칠 때 주파수의 비가 단순할수록 아름답게 울린다고 한다 속에 일부러 불협화음을 섞어 넣듯이, 조미료 역할을 하게 될 불순물도 있지 않을까. 이것은 어쩌면 불순물을 걷어내기가 귀찮아진 변명일지도 모른다. 불순물을 살린다니, 대단한 요리인의 기술인 것 같은 느낌이 영 안 드는 것은 아니다.

실패 메뉴

학교에서 돌아온 딸이 풀죽어 있는 것은 눈치채고 있었다. 손을 씻고 간식 접시를 앞두고도 평소의 웃는 얼굴이 아니다.

"오늘 말이야, 수업 중에 용기를 내서 손을 들어봤거든."

"응."

"들자마자 선생님이 내 이름을 불러주셨어."

"응응."

딸은 부끄러움을 심하게 탄다. 정답을 알든 모르든 평소에는 수업 중에 좀처럼 손을 들지 않는다. 웬만해서는 손을 들지 않던 아이가 들었으니 선생님도 가장 먼저 이름을 불러줬을 것이다.

"엄청 두근거렸어. 용기를 냈지. 그런데 답이 완전히 틀렸던 거야…… 다들 막 웃더라고……."

웃고 싶기도 하고 울고 싶기도 한 마음을 꾹 참고 딸의 얼굴을 양손으로 감싸 쥔다. 괜찮아, 라고밖에 할 말이 없다.

"괜찮아, 잘했어."

"잘한 걸까……?"

"물론이지, 틀리거나 남들한테 웃음을 사는 건 중요한 일이거든."

딸은 의아한 표정을 짓는다.

"그럴까."

비웃음당한 적 없는 사람은 연약하다. 실패한 적 없는 사람은 위험하다.

한 번 실패했던 일은 반복하지 않는다. 같은 곳에서는 발이 걸려 넘어지지 않게 된다. 그런 구체적인 효용도 있지만, 실패해서 웃음을 사는 것 자체에 의의가 있다고 생각한다. 부끄럽거나 분하거나, 그런 체험이 인간을 강하게 만든다. 그리고 그렇게 만들어진 맷집이야말로 사람을 멀리까지 걷게 해준다고 나는 생각한다.

"축하해. 이걸로 실패 포인트가 쌓였네."

딸의 작은 머리를 쓰다듬는다.

"실패 포인트가 쌓이면 오늘 저녁 메뉴를 요청할 수 있어.

뭐든 좋아하는 걸 만들어줄게."

내 말에 딸은 기쁜 기색으로 저녁밥 메뉴를 궁리하기 시작했다.

식탁 건너편에서 대화를 듣고 있었던 듯한 아들이 히죽히죽 웃으며 입을 열었다.

"꽁치였지."

"뭐가?"

"나 때. 왜, 꽁치에 빵가루랑 이파리 얹어서 오븐에 굽는 거. 그거 만들어줬어. 그리고 갈비를 잔뜩 구워줬던 적도 있었지."

그랬던가. 아들 때도 그런 일이 있었던가. 딸을 위해 고안해낸 좋은 방법이라고 생각했는데, 몇 년이나 전에 이미 실행했던 모양이다.

분명 어린 아들의 실패에 젊었던 나까지 가슴앓이를 했을 것이다. 그래서 생각해낸 '메뉴 요청권'. 지금은 좀 더 느긋한 기분으로 실패를 웃어넘길 수 있다. 얼마든지 좋아하는 요리를 만들어줄 테니 마음껏 실패하고 와, 하고 말하고 싶은 대목이지만 그 정도의 배짱도 좀처럼 가지지 못하고 있다.

식사 장면

소설에 나오는 식사 장면에는 인상적인 것이 많다. 정말로 맛있을 것 같은 요리를 묘사하는 작가도 있는가 하면 절대로 먹고 싶지 않은 요리가 등장하는 경우도 있다. 작품 속의 요리는 단순한 소도구가 아니라 보다 효과적인 은유 같은 것이라고 생각한다.

내 소설에도 식사 장면은 자주 나온다. 특히 『누군가가 부족하다』(김지연 옮김, 봄풀출판, 2013)는 '하라이'라는 레스토랑에 모인 여섯 팀의 손님들에 관한 이야기다. 하라이는 누구의 기억에라도 남을, 엄청나게 맛있는 것으로 유명한 레스토랑이므로 당연히 맛있는 음식에 대한 묘사가 나온다. 즐거운 기억, 기쁜 기억, 그리고 괴롭고 슬픈 기억. 각각의 등장인물들이 먹는 음식은 추억과 깊게 연관되어 있다.

미야시타 씨가 묘사하는 음식은 맛있을 것 같아요, 라는 말을 들으면 기쁘다. 하지만 맛있기만 한 것은 아니다. 일부러 맛없어 보이게 쓴 것도 있다. 아무리 맛있는 음식이라도 함께 먹는 상대나 그때의 기분에 따라 단번에 맛없어지기도 하기 때문이다. 음식의 맛은 그때의 심리 상태에 크게 좌우된다. 요컨대 소설의 묘사로서 쓰기 쉽다는 뜻이다.

어떤 때라도 맛있을 것 같은 요리만 나온다면 그것은 이상하다. 아무리 맛있는 요리라도 먹는 사람의 기분이나 컨디션에 따라 맛은 변한다. 최고의 한 접시가 두 번 다시 먹기 싫은 음식이 될 수도 있다.

요리나 식사 장면은 일상의 한 컷이라는 사실 이상으로 의미가 있다. 궁지에 몰린 주인공이 뭘 먹을지에 대해 집착한다면 어지간한 미식가이거나 고집불통, 아니면 실제로는 궁지에 몰리지 않았다는 뜻이다. 곤란할 때에도 굳이 평소와 다름없는 식사를 하려고 애쓰는 사람도 있을 것이다. 하지만 적에게 쫓길 때, 배가 아플 때, 실연했을 때, 평소와 같은 메뉴를 맛있게 먹어치울 수 있는 사람은 좀처럼 없다.

『양과 강철의 숲』(이소담 옮김, 예담, 2016)이라는 장편소설을 냈다. 이 소설에는 제대로 된 식사 장면이 거의 나오지 않는다. 엄밀히 말하자면 음식은 몇 가지 나온다. 하지만 주인공은 입에 대지 않는다. 한번은 주인공이 직장 선배와 함께 도시락집에 가서 김을 곁들인 연어구이 도시락을 산다. 그것을 주차장 옆 화단에 앉아서 먹는다. 주인공은 선배에게 일하는 방법을 상담하고 있다. 머릿속은 일로 가득해서 연어구이 도시락에는 손도 대지 않는다. 도시락을 앞에 두고도 마음은 거기에 없다. 음식에 실례잖아, 하고 생각한다. 하지만 그편이 리얼할 거라고도 생각한다. 그에게는 도시락의 내용물은 별로 중요하지 않다. 일단 빈 배를 채우기만 하면 된다.

생활에 공을 들이고 싶다. 식사는 소중히 여기고 싶다. 물론 그렇게 생각한다. 그러나 일이나 취미나 연애나 육아, 혹은 몸 상태나 환경 등 그때그때의 중대사에 몰두하면 식사는 뒷전이 되고 만다. 그런 시기가 분명 있다. 이번 소설에서는 조율이라는 매력적인 일과 만난 주인공이 피아노의 모습을 한 '숲'에 정신없이 헤치고 들어가는 모습을 그렸다. 그는 결코 일상생활을 소홀히 하는 사람은 아니다. 하지만 그에게 지금은 일종의 긴급 사태다. 식사를 뒷전으로 미룰 만큼 일에 몰두해 있는 것이다.

사실대로 말하자면 그 점을 특별히 의식하고 쓴 것은 아니다. 그저 그에게 공명하며 썼더니 식사는 그런 식이 되었다. 틀리지 않았다고 생각한다. 하지만 언젠가 그가 느긋한 기분으로 맛있게 밥을 먹게 될 날이 오는 것도 몹시 기다려진다.

설 연휴의 카레

설 연휴에 흔한 카레 체인점에서 어린아이들과 그 어머니가 카레를 먹고 있다. 젊은 시절의 나였다면 흠, 하며 곁눈으로 보고 지나갔을 것이다. 크리스마스 밤에 홀로 패스트푸드를 먹는 것과도 비슷한 쓸쓸한 광경으로 보였을지도 모른다. 하지만 실은 쓸쓸하지 않았다. 충만했고, 만족감으로 가득했다.

몇 년 전쯤일까. 가벼운 우울증으로 진단받은 친구가 자신을 진찰해주는 의사에게 어쨌거나 가능한 한 쉬라는 말을 들었다고 한다. 당시는 친구에게도 나에게도 어린 자식이 있었고 둘 다 친정은 멀었으며 남편은 매우 바빴다. 쉬라고 해봤자 쉬지 못하는데…… 내가 속으로 생각하고 있었더니 친구가 말했다.

"여하튼 아이들은 먹이는 것만 신경 써주면 되니까 그것 말고는 내 컨디션을 먼저 챙기래. 의사 선생님께 그 말을 듣고 그렇구나, 그래도 되는구나 생각했더니 마음이 스르륵 편해지더라."

친구는 조금 기쁜 기색이었다. 다행이네, 하며 맞장구를 쳤다. 그걸로 기분이 편해진다면 괜찮다. 하지만 내 마음은 조금 달랐다. 먹인다는 행위는 나한테는 가장 큰일이었다. 기쁨으로서도 컸지만 그만큼 부담도 컸다. 굶기지만 않으면 되는 일도 아닐 터다. 맛있는 것을, 영양가 있는 것을, 즐거운 것을, 하며 지나치게 애썼을 수도 있다.

정말로 컨디션이 안 좋을 때 아이의 식사를 만들 수 있을까. 아니, 물론 사 와도 좋다. 슈퍼마켓에서 반찬을, 혹은 빵이나 컵라면을 사서 아이들에게 준다. 의사 선생님은 그래도 된다는 뜻으로 말했을지도 모른다. 하지만 내게는 그리 들리지 않았다. 우울증 진단을 받아도 가족을 먹일 의무가 있는 어머니의 일이란 얼마나 무거운 임무인가. '어쨌거나 먹이는 것', 그 재량은 어머니에게 맡겨져 있다. 만약 내가 주치의에게 그런 조언을 들었다면 오히려 궁지에 몰린 기분이었을 거다. 친구가 걱정되었다.

후일담을 먼저 털어놓자면 그 뒤 친구는 회복되었고 아이들도 훌륭하게 자랐다. 그 조언은 먹히는 사람에게는 먹히는 모양이다. 성격에 따라서도, 받아들이는 방식에 따라서도 다를 것이라 생각한다.

어느 해 설 연휴의 일이다. 우리 집 아이들은 초등학교 저학년 둘과 유치원생 하나였다. 남편은 벌써 일하러 나가고 없었다. 모처럼 만든 오세치 요리에 아이들은 입도 대지 않았다. 오세치 요리가 있는데도 밥을 짓고, 반찬을 새로 만들고, 먹이고, 치우고, 설거지한 밥그릇을 닦으며 저녁 메뉴는 뭘 만들까 생각하기 시작한 순간 갑자기 허무해졌다. 이제 아무것도 하기 싫다고 생각했다.

"저녁때 카레는 어때?"

"야호!"

아이들은 천진하게 기뻐했다. 차를 타고 근처의 카레 체인점에 갔다. 가게는 붐비고 있었다. 괜찮은 거였어, 생각했다. 정초부터 엄마 혼자서 아이들을 데리고 외식을 하는 일에 거부감이 있었던 사람은 아마 누구보다도 나였던 모양이다.

눈앞에서 맛있게 카레를 먹는 아이들을 보며 맛본 해방감은 잊을 수 없다. 과장이 아니라 이렇게 할 수도 있구나 싶은 감동이 있었다. 평소에는 마시지 않는 콜라를 주문해서 홀로 건배했다. 가끔은 괜찮아. 엄마도 자유로워질 수 있구나.

엄청 맛있는

엄청 맛있는 프랑스 요리를 먹었다.

엄청 맛있는, 이라는 표현은 작가로서는 별로다. 하지만 담당 편집자에게 "미야시타 선생님, 가끔은 엄청 맛있는 프랑스 요리라도 먹으로 가요"라는 말을 들은 순간부터 그 표현이 머릿속을 떠나지 않게 되었다.

서점대상서점 직원의 투표로 결정하는 일본의 인기 문학상을 수상한 뒤로 도쿄에 갈 기회가 많아졌다. 후쿠이에 살아서 지난해까지는 좀처럼 상경하는 일이 없었다. 책이 나올 때 1년에 한 번이나 두 번 정도. 그런데 지금은 일주일에 한두 번의 기세로 도쿄에 간다. 그래도 되도록이면 외박하지 않고 집에 오고 싶으니 열차로 아침 일찍 가서 밤늦게 열차로 돌아온다.

그사이 일은 꽉 차 있다. 점심은 대개 편집자가 사 온 도시락이나 샌드위치로 때우고, 밤에는 돌아가는 신칸센에 급히 올라탄 뒤 열차에서 파는 도시락을 사 먹는 것이 대부분이었다.

그런데 어느 날 아무래도 도쿄에서 묵어야만 하는 일이 들어왔다. 모처럼의 기회이니 일이 끝난 뒤 편집자들과 넷이서 맛있는 것을 먹으러 가게 되었다. '엄청 맛있는' 가게는 담당 편집자가 신경 써서 예약해줬다.

캐비아라는 것은 크래커 위에 앙증맞게 올라가 있는 검정색 알갱이라고 생각했다. 맛을 못 느낄 정도로 얇게 썬 톱밥 모양의 먹거리가 송로버섯. 그런데 이 가게에서는 그런 식재료를 아낌없이 쓰고 있었다.

"굉장해." "맛있어." "감동적이야~"

같이 있던 편집자들의 입에서 저마다 감상이 흘러나온다. 정말로 맛있을 때는 단순한 말만 생각나는 모양이다. 나는 초지일관 입을 다물고 있었다. 잘 설명할 수 없다. 맛있다기보다 깜짝 놀랐다. 내가 뭘 먹고 있는 건지 잘 모르겠다. 하지만, 맛있다. 하지만, 이상하다.

갑자기 고급 베개가 생각났다. 얼마 전 무척 고급스러운 베개를 선물받았다. 머리를 대면 폭신하게 가라앉는데도 적당한 곳에서 멈춘다. 거기서 머리의 무게를 조용히 받쳐준다.

잘 만들어진 베개구나 생각했지만 실제로는 푹 잔 기분이 들지 않았다. 조용히 받쳐주고 있다는 느낌이 아무래도 마음 한구석에 남아 있다. 신경을 써주고 있다는 느낌에 가까울까. 숙면을 취하려 해도 계속 머리를 받쳐주는 베개에 미안한 기분을 완전히 떨쳐낼 수 없었다. 그 느낌이다. '엄청 맛있는' 프랑스 요리는 새롭고 진귀하고 확실히 맛이 좋다. 하지만 평범하게 먹어서는 안 될 듯한 기분이 든다. 먹는 사람에게도 무언가를 요구하는 것 같아서 신경이 쓰인다. 내 혀는 이것을 '엄청 맛있는' 요리로 분류하기를 망설이고 있다.

말수가 적어진 나를 담당 편집자가 걱정스레 들여다봤다.

"미야시타 선생님, 어떠세요. 입에 안 맞으세요?"

안 맞는 것은 아니다. 오히려 엄청 맛있다. 하지만 더 적절한 감상이 있다.

"가족들한테도 맛보여주고 싶다고 생각했어요."

남편은, 아들들은, 딸은, 그리고 친정 부모님은 이 요리를 먹으면 뭐라고 할까.

솔직하게 그렇게 말하자 담당 편집자는 생긋 웃었다.

"그건 최고의 칭찬이네요."

아, 그럴지도. 이것이야말로 엄청 맛있다는 뜻일지도 모른다.

가쓰동

가톨릭계 유치원에 다녔다. 매일 조촐한 예배를 드렸고 일요일에는 미사도 있었다. 성서 이야기를 듣고 찬송가를 부르고 기도를 한다. 어린 나에게 신은 지나치게 위대했다. 엄숙한 마음으로 열심히 기도문을 욀 뿐, 내 소원을 거기에 추가하기란 꺼려지는 일이었다.

유치원을 졸업한 뒤에는 초중고 모두 공립학교를 다녔고 대학은 다시 가톨릭계 사립학교였다. 거기서 외국에서 살다 온 친구들이 가볍게 신에게 기도하는 모습을 보고 경악했다. 하면 안 되는 짓을 해도 성호를 긋고 빌면 신은 용서해주는 모양이다. 컬처 쇼크였다. 그래도 나에게 역시 신은 절대적인 존재였다. 생사에 관한 일이 아니라면 웬만해서는 기도할 수 없다. 밤에 자기 전에 오늘 하루를 무사히 보낼 수 있었던 데 감사드리고, 사람들이 조금이라도 행복하게 살 수 있도록 지켜달라고 빌 뿐이다. 모쪼록 내일도 건강히 지낼 수 있게 해 주세요, 하고.

반대로, 라고 말하면 뭣하지만 신사에서라면 빌 수 있다. 새전을 넣고 두 손을 마주치고 머리를 숙이며 가벼운 마음으로 순산을 빌기도 했다. 신이 달라지면 오히려 솔직해질 수 있는 기분이었다.

지금이니 쓸 수 있지만 올봄 둘째 아들은 고등학교 시험을 쳤다. 합격 기원은 딱히 하지 않았고, 물론 나의 신에게도 기도하지 않았다. 나는 내가 할 수 있는 일을 하자고 생각했다.

"시험 전에 뭐 먹고 싶은 거 있어? 가쓰동돈가스 덮밥. '이긴다'는 뜻의 '가쓰勝つ'와 발음이 같아서 중요한 시험이나 시합 전에 먹기도 한다이라든지?"

입학시험 전에 실제로 가쓰동을 먹는 수험생이 있는지 어떤지는 모른다. 하지만 '이긴다'는 뜻의 '가쓰'와 발음이 같은 가쓰동. 수험과 가쓰동은 실과 바늘 사이 아닌가. 반쯤 농담 삼아 물어보자 단호한 목소리로 거절했다.

"고등학교 입시는 미신에 기댈 것도 아니잖아."

어쩌면 살짝 센 척을 했을 수도 있다. 하지만 내가 신에게 빌지 못하는 마음과도 상통하는 의지 비슷한 것을 느꼈다.

사실대로 말하자면 아무런 걱정도 하지 않았다. 평소대로 실력을 발휘한다면 충분히 합격할 수 있을 터였다. 합격 기원도 하지 않고 필승 도시락도 만들지 않은 채 평소처럼 지냈다.

그런데 시험을 다 치르고 돌아온 아들은 망쳤어, 라고 말했다. 아들이 망쳤다고 말한 적은 중학교 3년 내내 한 번도 없다. 어지간히 망친 모양이라고 생각했다.

어느 고등학교에 가더라도 괜찮아. 나는 진심으로 그렇게 생각했다. 하지만 언제나 밝은 아들이, 특히 이제까지 수험에 대한 불안이 없었던 아들이 정작 입학시험을 망쳐서 어깨를 축 늘어트리고 있는 모습을 보자니 괴로웠다. 가끔 깊고 깊은 한숨을 내쉬는 소리를 들으면 가슴이 아팠다.

신에게 빌고 싶었지만 빌 수 없었다. 이것은 생사가 달린 문제가 아니다. 시험에 붙든 떨어지든 아들은 행복하게 살아갈 수 있을 것이다. 그렇게 믿고 싶다.

합격 발표는 되도록 보러 오지 마, 아들은 말했다. 집에서 걸어서 15분인 고등학교다. 초조하게 집에서 기다릴 마음은 들지 않아서 몰래 보러 갈 거야, 하며 거절했다. 기도도 못하고 오로지 지켜보기만 했다. 그 정도는 용서받으리라 생각했다.

푸른 하늘 아래, 발표회장에서 순서대로 불리는 수험 번호 가운데 아들의 번호가 있었다. 회장에서 스쳐 지나간 아들에게 오늘 밤 뭘 먹고 싶으냐고 물었다.

"가쓰동." 오랜만에 미소가 번졌다.

노안과 육수

아직 시간이 좀 더 있다고 생각했는데 불현듯 찾아왔다. 소위 '노안'이라는 녀석이다. 원래는 분명 근시였는데 요즘은 가까운 것도 잘 안 보이게 되었다. 작은 글자를 읽을 때 어느새 멀찍이 떨어트려놓고 보는 폼이 스스로도 이상하다.

눈만큼 두드러지지는 않지만 귀도 나빠지고 있다. 요전에 클래식 콘서트에 가서 아무래도 거북한데, 왠지 음이 잘 안 맞는 느낌인데, 생각했더니 이상한 것은 나의 귀였다. 귀의 노화에 대해 쓴 글을 읽으면 묘하게 들어맞는 것이다. 일정 주파수의 소리만 잘 들리지 않게 되어서 전체의 하모니가 이상하게 들리는 모양이다.

그러고 보니 나날이 새로워지는 기계류에도 굉장히 약해졌다. 새로운 스마트폰, 새로운 복사기, 새로운 비데. 이보다 새로워지면 이제는 어느 버튼을 눌러야 할지 모르겠다. 무엇을 어떻게 조작하면 좋을지, 새로운 기기를 앞두면 남몰래 가슴이 방망이질 친다.

분명 미각도 그럴 것이다. 눈이나 귀가 쇠약해졌다면 혀도 그럴 것이 틀림없다. 언제였던가, 미각은 20대가 전성기라는 글을 읽었던 것을 떠올린다. 그렇다면 전성기에서 이미 꽤나 멀어지고 말았다.

노력하면 그만큼 성과를 올리는 일도 분명 있다. 훈련한 양에 비례하게 성장할 수 있는 일도 있다. 그런 일들을 믿고 이제까지 노력해왔다고 생각한다. 하지만 기준이 되는 육체가 쇠약해져간다. 얼마나 무서운 일인가, 아니 얼마나 무서운 일이라고 생각했던가.

음악을 듣는 것을 몹시 좋아했으니 청각이 약해지면 슬플 거라고 생각했다. 나의 신체 기능 가운데 가장 뛰어난 것이 후각이었으니, 만약 코가 안 좋아지면 인생의 즐거움 중 큰 부분을 잃지 않을까 생각했다.

하지만 상상했던 만큼 무서운 일은 아닐지도 모른다. 실제로 나는 지금 즐겁게 살아가고 있다. 무조건 나쁜 일만 있는 것도 아닌 모양이다. 신경질적일 만큼 과민했던 감각이 조금씩 마모되어서 이제야 겨우 온화해지고 있다. 그리 생각하면 전혀 나쁘지 않다.

가령 육수를 낼 때 이 정도의 물에 이 정도의 가다랑어포 또는 다시마, 하고 대강의 분량을 손이 기억한다. 보고 안다. 냄비의 무게도 파악하고 있다. 후각이나 미각이 전성기보다 몇 퍼센트쯤 쇠약해져도 딱히 문제되지 않는다.

다른 무엇보다 최고의 것을 만들지 않아도 괜찮다는 안도감을 얻었다는 점이 중요할지도 모른다. 힘을 빼도 된다. 가장 좋았던 시절의 눈이나 귀나 코나 혀를 써서 알아낸 것을 똑같이 재현하지 못하게 되더라도, 마음이 기억하고 있다면 그걸로 좋다는 기분이 든다. 그렇게 여기게 되었다는 점이 잃은 것보다 중요하지 않을까.

해를 거듭하며 성장하는 것은 멋지다. 그러나 성장하기만

한다면 우리는 어디로 다다를까. 소중히 여기는 것을 풍성하게 길러나갈 수 있으면 된다. 이를 위해서는 분명 퇴화하는 부분도 필요할 것이다.

매일 요리에 쓰는 육수가 최고의 육수만은 아니듯, 다양한 것을 품고 섞고 받아들여서 깊은 맛이 나는 육수가 된다면 아마도 그걸로 괜찮으리라.

버섯 거부자

버섯 거부자가 가족 중에 하나 있다. 다섯 가운데 넷까지는 버섯을 좋아하는데 딱 하나가 거부하는 바람에 집에서는 버섯을 못 먹는다. 표고버섯을 은박지에 싸서 굽거나 송이버섯을 도빈무시질주전자에 식재료를 넣고 찐 요리로 만드는 등 단품으로 요리해서 네 사람만 먹으면 되잖아? 하지만 버섯 거부자는 그 향이 싫은 것이다. 집에서 버섯 냄새가 나기만 해도 괴롭다고 한다.

어릴 때는 버섯을 잘 못 먹는 사람도 많아, 하며 달래왔지만 딸은 벌써 열네 살이다. 게다가 코가 좋다. 버섯만 피하면 될 일이 아니라 버섯이 들어간 음식은 금세 냄새로 알아차리고는 먹기 싫다며 고개를 젓는다.

영양밥에 버섯. 수프에 버섯. 달걀찜에 버섯. 소고기와 만가닥버섯을 굴 소스에 볶은 요리 같은 건 젊은 사람이라면 누구나 좋아할 거라고 생각했다. 그런데 어찌된 일인지 버섯이 한 번이라도 닿았던 것은 민감하게 알아차린다. 버섯에 특화된 후각일지도 모른다.

그런 것을 생각하다 보니 떠오르는 일이 있다.

나는 예전에 생강이 싫었다. 생강을 다진 도마를 한 번 씻어서 다른 재료를 썰면, 다른 재료에 생강 냄새가 희미하게 옮아 밴 것을 느끼고는 더 이상 먹지 못했다. 그만큼 거북했다.

그런데 어찌 된 일인지 어느 순간 갑자기 눈이 뜨였다. 생강을 넣은 무조림이었다. 그 전이라면 반드시 피했을 요리인데 그때는 왠지 한 입 먹고 맛있다는 느낌이 확 들었다. 입맛을 확 사로잡는 '맛있다!'라는 느낌. 어째서인지 전혀 모르겠다. 생강 향조차 싫었는데. 직접적으로 생강 맛이 나는 조림을 먹고 갑자기 입맛이 바뀌는 일이 있을까. 그것은 인생의 전기였다. 그렇게 여겨질 만큼 충격은 컸다. 이제껏 고집스럽게 싫어했던 것은 뭐였을까? 스스로 자신을 믿을 수 없어지는 순간이었다.

사실은 좋아하지만 인정하고 싶지 않았다거나, 혹은 좋아한다는 것을 알아차리지 못했다는 식으로 가설을 세웠다가 부정했다. 그도 그럴 것이 정말로 싫었으니까. 이야기 속 생강 쿠키를 직접 만들어보려다 실패한 뒤로 그랬을까. 실패의 충격 때문에 못 먹게 된 것일까. 아니, 그것도 아닐 터다. 쿠키는 괜찮았으니까.

그런 식으로 싫었던 것이 갑자기 좋아진 이유를 하나하나 검증해봤지만 결국 모르는 채로 끝났다. 그저 미각이 갑자기 변하는 경우가 있나 보다 하며, 납득은 안 되었지만 그렇게 이해했을 뿐이다. 그리고 그것이야말로 당시의 내게는 큰 문제였다. 의도하지 않은 변화. 그것을 인정하면 겨우 구축해나가기 시작한 나 자신이 무너져버릴 듯한 기분이 들었다. 그 불안한 느낌은 지금도 어렴풋이 떠오른다.

버섯 거부자에게도 앞으로 대역전이 일어날지 모른다. 딸에게는 그런 일도 있어, 하고 말해주고 싶다. 자신의 감각은 스스로도 컨트롤할 수 없거든. 변할 때도 있는 거란다. 그것을 앎으로써 마음이 편해지는 경우가 분명 있다.

악보와 레시피

가네코 미유지 씨의 피아노 콘서트에 다녀왔다. 조금 특이한 구성이었는데 피아노만 치는 것이 아니라 그 곡에 대해, 또는 작곡가에 대해 피아니스트 본인이 해석을 덧붙여준다. 절반은 토크고 절반은 연주. 아주 재미있는 콘서트였다.

열한 살 때 헝가리 국립 리스트 음악원에 합격한 가네코 씨는 훌륭한 연주가인 동시에 리스트 연구자이기도 하다. 현재 출판되어 있는 리스트의 악보와 육필 악보를 읽고 비교하는 연구도 하고 있는 모양으로, 콘서트 중간에 슬라이드로 악보를 보여줬다.

"이 악보의 이 부분에서 아무래도 위화감이 느껴졌어요."

그 소절을 연주해주기도 했지만 어디서 위화감이 느껴지는지 전혀 알 수 없었다. 그런 다음 천천히 다시 한번 그 부분을 연주한다.

"저는 여기는 원래 제자리표(♮)가 아니라 올림표(#)이지 않았을까 추측했습니다."

그렇게 말하고는 반음 올린 것으로 연주해서 들려줬다. 오른손으로 빠른 경과구음악에서 선율 사이를 빠르게 상행 또는 하행하는 악구를 연주하면서 왼손으로 화음을 쌓아 올리는데, 그중 한 음의 제자리표를 올림표로 친 것이다. 그런 음을 비전문가인 내가 듣고 구분할 수 있으리라고는 생각하지 않았지만 확실히 다르게 들렸다. 어느 쪽이 맞는지는 모르겠으나 확실히 다르다. 가네코 씨는 피아노의 명수이기도 했던 리스트가 여기에 과연 이 음을 넣었을까, 하는 의문도 포함해서 검증했다고 한다. 악보 발행처에 연락해서 리스트의 육필 악보와 비교해보니 올림표로도 제자리표로도 읽을 수 있다는(리스트는 악필이었다) 사실이 판명되었다고 한다.

그야말로 대단한 리스트애愛, 리스트욕欲. 오류를 발견하는 것은 리스트를 위해서다. 그리고 앞으로 잇따라 나올 전 세계의 리스트 연주자를 위해서기도 하고, 또 리스트의 곡을 사랑하는 우리를 위해서기도 하다. 리스트가 만든 아름다운 음악의 진수에 한 걸음 다가가는 작업이라고 생각했다.

콘서트를 보고 집으로 돌아가는 길에 문득 악보와 레시피는 비슷하다는 생각이 들었다.

나는 요리 책을 보면서 요리를 만들 때 처음에는 재료의 분량을 지켜서 만들어본다. 그렇지만 가족의 취향이나 몸 상태를 고려했을 때 이건 명백하게 싱거울 것 같다거나 기름기가 많을 것 같다는 식으로 추측할 수 있는 경우는 처음부터 어느 정도 양을 조절한다. 그런 수정을 전혀 하지 않는 것은 내가 사천왕이라고 멋대로 부르는 요리 선생님 네 분의 레시피뿐이다. 나는 이 선생님들의 레시피를 신뢰해서 함부로 세부를 바꾸지 않는다. 우리 집 입맛보다 음식이 다소 질기거나 맛이 진해도 그것이 그 요리의 최상의 형태라고 믿기 때문이다.

하지만 딱 한 번, 사천왕의 레시피에 의문을 품은 적이 있다. 이건 아무리 생각해도 수분이 너무 많다고 느꼈다. 이 선생님이 만드는 요리가 이렇게 물컹할 리 없어. 신봉자이기 때문에 품을 수 있는 확신이었다. 신적인 레시피에 변변찮은 내 방식을 더하는 것을 송구스러워 했지만, 주뼛주뼛 수분을 줄여서 만든 요리를 맛보고 눈이 번쩍 뜨였다. 이것이 정답이라고 생각했다. 선생님은 분명 이 수분량을 기재했을 터다. 그렇게 생각했을 때의 기쁨은 리스트애, 리스트욕과 아주 조금 닮은 데가 있다.

히나마쓰리의 식탁

히나마쓰리매년 3월 3일에 여자아이의 건강과 행복을 비는 일본의 전통 축제로 제단에 작은 인형(히나 인형)을 장식한다 날은 지라시즈시초밥용 밥 위에 각종 식재료를 얹은 요리와 대합 맑은국으로 정해져 있다.

어린 시절부터 히나마쓰리는 그런 날이라고 생각했다. 그것 말고도 색색깔의 곁들임 요리가 식탁에 차려져 있었을 터다. 축하를 하는 식탁이었다.

축하는 그 자체만으로 기쁘다. 히나마쓰리가 어떤 축제인지, 모모노셋쿠히나마쓰리를 다르게 부르는 말가 어째서 여자아이의 날이 되었는지 딱히 생각해보지 않았다. 그저 히나 인형을 장식하고 맛있는 지라시즈시와 대합 맑은국을 먹는, 그런 날이었다.

초등학생이 되고 언젠가 문득 히나마쓰리 노래에 의문이 들었다. 가사 중 '무엇보다도 기쁜 히나마쓰리'라는 대목이 있다. 그런가? 무엇보다도 기쁘다고 할 정도로 기쁜 걸까?

"왜 그렇게 기쁠까?"

내가 묻자 어머니는 생각을 거듭한 끝에 옛날에는 생일이나 크리스마스를 축하하는 관습이 없었으니 여자아이에게는 히나마쓰리가 가장 즐거운 날이 아니었을까, 하고 설명해줬다. 그리고 마지막에 한마디 덧붙였다.

"여자아이가 주인공이 될 수 있는 경우가 별로 없었거든."

흠, 하고 대답했지만 사실은 깜짝 놀랐다. 옛날에 태어나지 않아서 다행이라고 생각했다. 히나마쓰리를 떠올리면서 어린이가 주인공이라거나 여자아이를 위해서라는 생각은 해본 적도 없었다. 생각해본 적이 없다는 것은 생각하지 않아도 되었다는 뜻이다. 그만큼 복 받은 환경이었다는 뜻이다. 여자애라서 조연으로 정해지는 시대가 아니다. '무엇보다도 기쁜'에 고개를 갸웃거리며 생일이나 크리스마스가 더 즐거운데, 하고 생각하는 편이 행복하다.

결혼해서 아이를 낳고 히나마쓰리 날 지라시즈시와 대합 맑은국을 만들게 되었을 때, 살포시 의욕이 있었다. 이날을 특별히 기뻐했던 옛날 여자아이들을 위해서라도 히나마쓰리는 소중히 여겨야 해, 하는.

태어난 것은 첫째도 둘째도 남자아이였다. 그래도 나는 히나마쓰리 날이면 지라시즈시와 대합 맑은국을 만든다.

"에이, 지라시즈시 싫어~"

"숨 막힐 듯한 냄새가 싫어~"

"표고버섯 싫어~"

"새우 싫어~"

어린 아들들이 입을 모아 불평해서 유감이었다. 하지만 그만두지 않았다. 나는 나를 위해 만드는 거야, 생각했다.

세 번째로 태어난 것이 여자아이다. 이애가 커서 히나마쓰리가 왜 기쁘냐고 언젠가 물으면 어머니에게 들은 이야기를 해주자고 마음먹었다. 여자아이를 위한 날을 특별히 만들지 않아도 매일 즐거워해도 돼. 너도, 엄마도, 기쁜 일이 가득한 세계에서 살고 있거든, 하고 전해주고 싶다. 그때는 아들들에게도 제대로 이야기해줘야지. 평소 생활에서, 혹은 인생의 기념일에조차 주인공이 되지 못했던 여자아이들의 역사는 여자아이뿐만 아니라 남자아이와 더욱 이야기를 나누고 싶기도 하다.

하지만 그날은 아직 오지 않은 모양이다. 딸은 매년 히나마쓰리를 생글생글 웃으며 보낸다. 지라시즈시와 대합 맑은국이 차려진 식탁을 둘러싸고 가족이 평온하게 보낼 수 있다면, 어쩌면 그것으로 충분할지도 모른다.

자반연어 주문

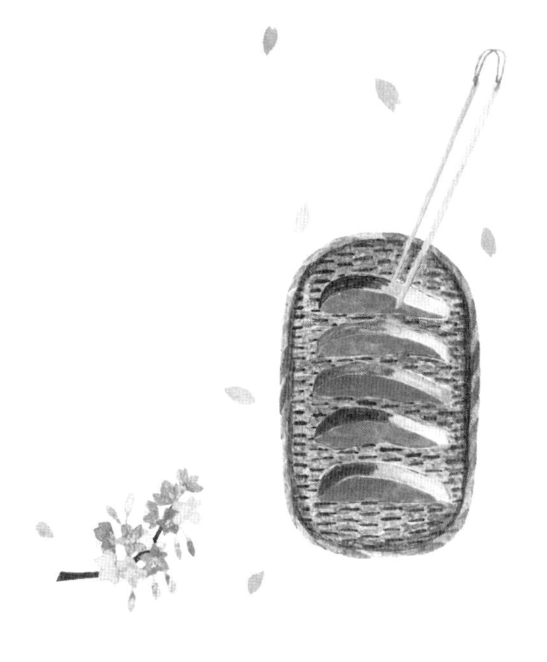

마지막 도시락을 쌀 때 울 거라고 생각했다. 큰아들이 고등학교에서 먹는 마지막 도시락. 의욕을 담아 만들어야 할지 평소대로 자연스럽게 만드는 편이 좋을지 며칠 전부터 망설였다. 그래도 결국 평소대로 만든 이유는 아들이 김을 올린 밥에 연어와 달걀말이, 소송채무침에 우엉조림, 그런 도시락일 때 "맛있었어"라고 말하는 경우가 많았기 때문이다. 평소와 조금 달랐던 점은 흰밥 위에 자른 구운 김을 올려서 짧은 글을 쓴 것. 이제껏 한 번도 그런 것을 해본 적이 없어서 유치원생에게 캐릭터 도시락을 만들어주는 양 두근두근했다.

그런데 집으로 돌아온 아들이 웃으면서 한 말은 "뭔가 쓰여 있더라"라는 한마디뿐이었다. 뭐, 어쩔 수 없다. "이게 마지막 도시락?"이라고 김 글씨로 묻는 사람도 묻는 사람이니까. 마침 수험 직전이었다. 혹시라도 불합격하면 다시 1년 동안 도시락을 싸는 생활이 기다리고 있지 않느냐고, 그런 의미를 담은 질문이었다. 물론 성실하게 수험 공부를 하는 아이에게 그런 건 못 물어본다. 아들은 하고 싶을 때 하고 싶은 만큼 공부하는 타입이었다. 열여덟 살이나 된 아들의 공부 방법에 참견하는 것은 현명하지 않다. 하지만 조마조마했던 것도 사실이었다.

아들은 고등학교를 졸업하고 무사히 대학에 합격하여 집을 나갔다. 집을 나가기 전날 밤, 마지막으로 가족끼리 둘러앉는 식탁도 특별하게 차리지 않고 평소 먹는 메뉴를 만들었다. 애초에 이사 준비로 분주해서 저녁 식사에 딱히 정성을 쏟을 수도 없었다.

이제와 냉정하게 생각해보면 나는 피하고 있었던 것 같다. 마지막 도시락이든 이사 전날 밤의 식탁이든, 떠나는 아들을 배웅하는 감상적인 자리로 만들고 싶지 않았다. 아마 그로써 좋았으리라. 아들은 희망에 가득 차서 집을 떠나는 것이다. 배웅하는 쪽은 평소처럼 행동하는 편이 좋다. 그렇지 않으면 울고 마니까.

그건 그렇고 올해 봄은 오래도록 추웠다. 드디어 벚꽃이 피고, 제비가 날아다니고, 큰아들이 없는 새로운 생활에도 익숙해졌다.

어느 날 생협에 주문을 하려고 컴퓨터의 주문창을 바라보고 있었을 때의 일이다. 홋카이도 레분산産 자반연어 토막이 나와 있었다. 무척 맛있어서 발견하면 반드시 주문한다. 그것을 평소처럼 가족 수만큼 사려고 다섯 토막짜리 팩을 장바구니에 하나 넣었다. 그런 다음 문득 아, 참, 큰아들은 이제 여기에 없지, 하고 깨달았다. 다섯 토막짜리 팩을 장바구니에서 꺼내고 네 토막짜리 팩으로 바꾸려던 순간, 말로 잘 표현할 수 없는 감정이 끓어올랐다. 필요 없어. 네 토막짜리 팩 따위 필요 없어. 우리 집은 4인 가족이 아니니까. 어린애가 떼를 쓰는 듯한 감정이었다. 마치 연어한테 화풀이를 하는 것 같다고 스스로도 생각했다. 억누를 길 없는 감정을 주체하지 못한 채 생협 주문창을 닫았다. 그런 다음 조금 울었다.

연어 팩이 다섯 토막짜리인가 네 토막짜리인가. 설마 그런 것으로 아들의 부재를 실감할 줄은 몰랐다. 울었더니 후련해져서 자, 힘내자, 생각했다. 일단 뭔가 맛있는 것을 만들어서 넷이서 웃으며 먹자.

마법의 상자

친구에게 새로운 냄비를 추천받아서 시험 삼아 써보기로 했다.

냄비 하나로 카레나 조림을 만들 수 있다고 한다. 아니, 원래도 냄비로 카레나 조림은 만들 수 있지만 그 새로운 냄비를 쓸 경우 일단 재료만 준비하면 요리를 다 한 것이나 마찬가지다. 그 뒤로는 품을 들여 볶거나 뜸들이지 않아도 냄비가 자동으로 완성해준다.

우선은 조리법을 읽는다. 이제까지 요리했던 순서와는 꽤 다르다. 재료를 준비해서 그 조리법대로 시험해봤다.

상상했던 것보다 훨씬 맛있었다. 그리고 왠지 무서웠다.

무엇에 대한 공포인지 명확히 모르는 채 맛있다고 생각했다. 맛있지만 무섭다. 내가 무엇을 만드는지 알 수 없다는 공포인가. 식재료를 썰어서 물과 조미료를 냄비에 세팅해두기만 하면 몇십 분 뒤에는 조림이 완성된다. 아무런 노력을 하지 않았는데도 맛있게 요리되어 있다. 요컨대 이 냄비에 익숙해지면 다른 냄비로는 조림을 못 만들게 된다. 만드는 법을 모르게 되는 것이다. 그 점이 무서운 건지도 모른다.

"호들갑 아니야? 무섭다고 할 정도는 아니잖아?"

아들이 웃는다. 그런가, 이제부터는 이 냄비로 만드는 방식이 표준이 될지도 모른다. 처음부터 이 냄비만 쓰는 사람이 늘어나는 것이다.

비슷한 일은 전에도 있었다. 스팀 기능이 달린 오븐을 샀을 때도 곤혹스러웠다. 스위치 하나만 누르면 찜 기능을 쓸 수 있고, 게다가 오븐이니까 찜구이도 만들 수 있다. 기름을 거의 쓰지 않고 가라아게마저 만들 수 있다. 맛도 좋다.

하지만 가령 전자레인지로 '사전 준비'를 하는 정도라면 또 모를까, '조리'를 한다면 다른 감정이 생긴다. 공포감이랄 것까지는 없지만 추락하는 느낌, 부도덕한 짓을 하는 느낌…… 해서는 안 될 짓을 하는 느낌이 드는 것이다. 이 마법의 상자로 조리하는 데 익숙해져버리면 불을 써서 조리한다는 원시적인, 바로 그렇기에 순수한 기쁨이 깃드는 요리의 일부를 놓치고 만다. 그 점을 본능적으로 깨닫고 피하려는 게 아닐까.

하지만 에어컨도 쓰고 원고도 육필이 아니라 키보드로 친다. 지나치게 당연한 일이다. 어디서부터 어디까지가 허용되고, 어디서부터 경종이 울리기 시작하는 것일까. 스스로도 잘 모르겠다. 하지만 아주 단순하게, 지금은 아직 이 냄비를 못 쓰겠다고 생각했다. 어느 부엌에 서더라도 거기에 있는 냄비로 맛있는 요리를 만들 수 있는 사람을 동경하기 때문이다.

앞으로 나이를 열 살 더 먹으면 어쩌면 이 냄비를 받아들일 수 있을지도 모른다. 아이들도 독립했을 테니 부부 두 사람을 위한 음식이라면 그때는 이 편리한 냄비를 써서 만들 수 있는 요리만으로 충분할지도 모른다. 그 무렵이면 프라이팬도 찜통도 한동안 안 썼네, 하면서 여유롭게 웃고 있을까.

그런 것을 생각하고는 고개를 휙휙 내저었다. 10년이 지나도 분명 무서울 것이다. 옛날 냄비를 계속 쓸 거야! 하며 씩씩거리는 내 모습이 눈에 선해서 조금 웃겼다.

당근

중학생 딸의 참관 수업에 갔다. 가정 수업이었다. 마침 식물 영양소 부분을 하고 있어서 각각의 식물에 어떤 영양소가 얼마나 들어 있는지를 배우는 중이었다.

중학생 여자아이는 성인 여성보다 다양한 영양소를 많이 섭취해야 한다. 새삼 수업에서 듣고 고개를 끄덕였다. 에너지로서도 필요하지만 아이들의 신체는 바로 지금 만들어지고 있다. 피나 뼈의 토대가 되는 것을 부지런히 섭취해야겠지. 신경 써서 식사를 만들어야겠다고 생각한 부분까지 대체로 예상했던 범위 안이었다.

"베타카로틴이 많이 들어 있는 채소는?"이라는 질문에 많은 학생들이 "당근!" 하고 외쳤다. 정답이다. 나도 그 정도는 안다. 그래서 열심히 최선을 다해 당근을 먹어왔고, 수프나 주스로 만들어서 많이 섭취하도록 시도해왔다.

그러나 의외였던 것은 그 뒤다. 양을 듣고 놀랐다. 당근에 포함된 베타카로틴은 100그램당 8300마이크로그램. 마이크로란 1백만분의 1을 나타내므로 0.000001×8300, 즉 0.0083그램밖에 안 들어 있다는 뜻이다. 어? 하고 놀랐다. 약 100분의 1그램밖에 안 들어 있는 것이다. 그 당근에—정확히 말하자면 당근 100그램, 다시 말해 작은 것 하나 정도 안에—고작 그것뿐?

지금까지도 숫자로는 들어왔을지도 모른다. 하지만 구체적인 양으로 상상해본 것은 처음이었다. 그러자 이상한 현상이 일어났다. 기분이 쓱 풀려서 뭐랄까, 오랜 세월 내 어깨를 짓눌렀던 무거운 짐이 사라진 듯한 느낌이 들었다. 나의 이 감정을 잘 설명할 자신이 없다. 물론 미량이기에 더더욱 빼먹지 말고 섭취해야 한다. 이론상으로는 그렇지만 기분은 벌써 상쾌해졌다. 그렇게 미량이라면 섭취하든 말든 딱히 차이 없잖아?

그리고 인체의 신비를 절실히 느꼈다. 0.01그램이라는 있는지 없는지도 알 수 없는 양을 먹느냐 마느냐로 건강이 좌우되다니, 우리의 신체란 얼마나 섬세한 걸까.

그날 밤 나는 솜씨를 발휘해서 당근 시리시리당근을 채썰기해서 달걀 등의 부재료와 함께 볶아 먹는 오키나와의 향토요리를 만들었다.

"잔뜩 만들었으니까 많이 먹어. 맛있거든."

가족들에게 그렇게 말하면서도 기분은 평온하다. 제대로 먹었는지, 영양을 잘 섭취하고 있는지 눈을 번뜩이지 않아도 된다. 아들이 의아한 표정으로 나를 쳐다보기에 물어봤다.

"그거 알아? 당근은 90퍼센트가 수분으로 이루어져 있대."

그렇다, 그것도 뭔가 웃겼다. 그렇게 채소를 먹이고 싶다고 생각해왔는데 뿌리채소도 90퍼센트, 잎채소는 더 많은 양이 수분이라니 맥이 빠졌다.

"엄마, 왠지 즐거워 보이네."

딸의 말을 듣고 웃었다. 이렇게 가벼운 기분으로 요리할 수 있다니, 가정 참관 수업에 감사하자.

함박눈 팬케이크

37년 만이라는 호쿠리쿠일본 혼슈 중앙부에 위치한 중부지방 중 동해에 면한 지역의 대설. 원래 눈이 오는 지방이기는 하지만 이렇게 갑자기 쌓인 것은 오랜만이었다. 눈 깜짝할 사이에 동네가 새하얘졌다. 국도가 막히고 현도県道가 막히고 비행기도 JRJapan Railways. 일본 국유 철도의 분할 및 민영화로 생겨난 철도회사와 화물회사의 공통 약칭도 멈췄다. 하필 출장 중이던 남편도 못 돌아오게 되었다. 눈에 강한 것이 자랑인 지역 사철도 멈춰서 이제 어디로 갈 수가 없다. 제설차도 눈이 쌓이는 속도를 전혀 따라잡지 못한다. 다들 밖으로 나와서 부지런히 눈을 치웠다. 치워도 치워도 연신 내려서 또다시 금방 쌓였다.

물류가 차단되어 슈퍼마켓에도 편의점에도 물건이 들어오지 않는다. 주말에 쌀을 사둬서 정말 다행이었다. 쌀이 떨어질까 봐 걱정해야 했다면 얼마나 불안했을까. 그래서 운이 좋았다고는 생각한다. 그 밖에도 전기나 수도가 끊기지 않은 것, 인터넷을 쓸 수 있는 것에 진심으로 감사했다.

아이들의 중학교와 고등학교가 일주일이나 임시로 쉬게 되었고, 어디에도 나가지 못하니 아침, 점심, 저녁을 집에서 꼬박꼬박 먹는다. 큰눈으로 변하기 전날 밤 때마침 가족들이 좋아하는 수프를 큰 냄비에 잔뜩 만들어둬서 다행이었다. 첫 사흘 정도는 '냄비에 수프가 있다!'는 것만으로 마음이 푸근해졌다.

그래도 눈은 계속 왔다. 아이들의 휴교가 연장되었고 결국 시내에 휘발유도 등유도 떨어져서 혹한이 한창일 때 우리 집은 난로도 피울 수 없게 되었다. 이대로라면 어떻게 되는 걸까, 이런 불안이 어쩔 수 없이 마음속에서 남모르게 피어올랐을 때 딸이 말했다.

"맛있는 팬케이크를 구워줄게!"

나풀나풀 내려온 천사의 속삭임. 그런 느낌마저 들었다. 먹이는 일로 머릿속이 꽉 차 있어서 팬케이크 같은 건 생각지도 못했다.

폭설로 생협에서 배달도 못 오게 되어 우유도 달걀도 바닥을 드러내고 있었다. 하지만 다른 무엇도 팬케이크를 대신할 수는 없다. 딸은 폭신폭신 달콤하고 맛있는 팬케이크를 열심히 구워줬다. 그것을 가족 셋이서 소중하게 먹었다. 아련하고 덧없고 가벼운 맛. 맛있다, 맛있다, 몇 번이나 되뇌며 먹었다. 맛있다고 서둘러 말하지 않으면 녹아버릴 것 같았으니까. 서서히 배 속으로 스며드는 맛이었다.

그날 밤은 또다시 큰 접시에 요리 하나만 차린 식탁이었다. 냉장고에 있던 고기를 해동해서 얼마 없는 채소와 함께 볶았다. 거기다 마지막 두부와 미역을 넣은 된장국. 두부도 벌써 며칠이나 슈퍼마켓 식품 선반에서 모습을 감추었다.

"이런 것밖에 못 만들어서 미안!"

일부러 기운차게 냈더니 아들도 딸도 즐겁게 웃고 있었다.

"이런 거 꽤 좋아해."

폭설로 갇힌 뒤로 캠핑에서나 볼 법한 식탁이 이어졌지만, 비상사태니까 어쩔 수 없다고 여겨왔다. 실제로도 어쩔 수 없었다. 어쩔 수 없는 곳에도 팬케이크 같은 것이 강림함으로써 우리는 이토록 구원받는다고 절실히 생각했다.

아무것도 아닌 날의
밥과 반찬

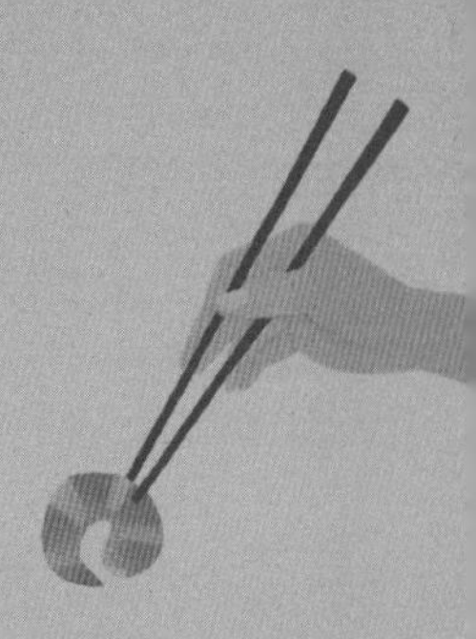

최고의 햄버그

어느 날, 세 살배기 아들이 진지한 표정으로 호소했다.

"엄마, 이건 햄버그가 아니야."

형의 주장에 동의라도 하듯 한 살배기 남동생은 입에서 '햄버그가 아닌 무언가'를 웩 내뱉었다.

들켰나. 얼마 전까지만 해도 햄버그 만세! 하며 좋아했는데. 양파뿐만 아니라 당근과 파프리카, 버섯류, 신바람이 나서 수수랑 조까지 넣은 특제 햄버그. 채소가 너무 많아서 잘 뭉쳐지지 않았던 탓에 미트로프다진 고기에 채소와 빵가루, 조미료 등을 섞고 빵 모양으로 만들어 오븐에 구운 요리처럼 큰 틀에 넣고 구웠다. 아이들이 채소를 많이 먹기를 바라는 마음뿐이었다.

나빴다. 식사는 맛있어야만 한다. 마음을 고쳐먹고, 그다음부터 나는 인기 요리 연구가의 요리책을 몇 권이나 비교하고 참고하며 다양한 햄버그를 만들었다. 데미글라스 소스로 푹 익힌 스튜풍 햄버그, 작고 귀엽게 뭉쳐서 오븐으로 구운 햄버그. 찜구이로 만들면 속이 폭신폭신해진다는 것도 배웠다.

하지만 햄버그에 의심병이 도진 형은 어느 것에나 고개를 가로저으며 "이건 햄버그가 아니야"라고 되풀이했다. 남동생은 그런 형과 한패가 되어 연신 웩웩 뱉어냈다.

형제의 혀를 단단히 사로잡은 것은 의외의 레시피였다. '고등학교 조리 실습 노트'. 나를 포함한 근 30년 전의 고등학생들이 실제로 썼던 가정 교과서다. 원점으로 돌아갔다고도 할 수 있다. 우리 아들들이 처음 먹었던 것도 내가 이 교과서로 배운 햄버그였다.

"먹었을 때 맛있는 식빵의 속만 씁시다. 호사스럽죠. 틀림없이 맛있게 완성되겠지요."

가정 선생님의 말이 지금도 떠오른다. 그냥 먹어도 맛있는 식빵의 흰 부분에 달걀노른자를 흡수시켜서 반죽을 차지게 만든다. 햄버그에 빵이 들어간다는 사실에 고등학생이었던 나는 흥분했다. 빵가루로는 낼 수 없는 식감과 맛이 났다.

굉장한 일이라고 생각한다. 30년씩이나 전의 교과서가 아직도 가장 요긴하게 쓰이다니. 그 레시피에 메모를 보태고 감상을 더하고 가족이 웃어준 기억을 겹친다. 최고의 햄버그에 가까워져가는 실감이 든다.

수박씨

아이들의 여름방학을 맞이하여 고향으로 돌아온 친구와 수박을 먹다가 접시에 남긴 것이 눈에 띄었다. 씨다. 친구의 접시에는 검은 눈물 모양의 씨가 몇 개나 줄지어 있었다.

"씨가 꽤 많았나 보네."

내가 말하자 친구는 눈을 동그랗게 떴다.

"같은 수박이잖아. 그쪽에도 씨가 비슷하게 들어 있지 않아?"

듣고 보니 그렇다. 나는 내 접시를 봤다. 씨는 세 개밖에 없었다.

"나머지는 어쨌어? 먹었어?"

그렇게 물어오니 말문이 막힌다. 처음부터 내 수박에는 세 개밖에 없었어. 이렇게 대답하고 싶지만 그럴 리 없다는 것도 안다.

"성격 나오네."

친구가 웃었다. 어릴 때 씨앗을 삼키면 배에서 싹이 난다고 들어서 무서웠거든, 한다. 분명 나도 그런 이야기를 들었다. 맹장염에 걸린다는 친구도 있었다. 무서웠다. 하지만 나도 모르게 삼키고 만다.

"너무 꼼꼼하게 다 뱉어내는 남자랑 사귀는 건 힘들지도 몰라."

갑자기 화제가 건너뛰었다.

"그렇지만 무심하게 삼키는 것도 정도가 있지. 씨를 한 알도 못 알아차리는 남자도 좀."

그렇다면 몇 개를 뱉는 것이 최고인가, 하는 이야기로 흘러갔다.

"일곱 개 정도일까."

내 의견에 친구가 어이없다는 표정을 지었다.

"그건 너무 대충이잖아. 애초에 수박 한 조각도 크기가 저마다 다를 텐데 일곱 개라니."

확실히 그렇다. 수박 종류에 따라서도 다를 것이고, 다른 일에는 너그럽지만 수박씨에는 까다로운 사람도 있을 수 있다. 반대로 평소에는 섬세하지만 수박만은 통째 삼키는 타입이 있어도 이상하지 않다. 아니, 통째로 삼키는 건 조금 놀랍지만.

그날 밤 저녁 식사를 마치고 수박을 잘랐다. 친구와 나눈 대화를 떠올리며 잠자코 지켜봤다. 언제나 무엇에도 신경 쓰지 않는 타입인 아들이 주의 깊게 씨를 골라낸 다음 먹다니 의외였다. 남편의 접시에 남은 씨는 딱 일곱 개였다.

호랑이 버터

청소를 잘하는 사람은 요리를 별로 좋아하지 않고, 요리를 좋아하는 사람은 청소에 서투른 경우가 많은 것 같다.

우리 집 세 아이들에게서도 그런 경향은 뚜렷하게 보인다. 잘하는 집안일에 분야가 명확하게 나뉘어 있다. 첫째 아들과 막내 여동생은 요리를 좋아하지만 청소는 귀찮아하고, 둘째 아들은 청소는 잘하지만 요리를 꺼린다.

첫째와 막내는 부탁하지 않아도 식사 준비를 도와주고 휴일에는 둘이서 저녁 밥을 만들기도 한다. 중학교 1학년과 초등학교 2학년치고는 제법이다.

그사이 초등학교 5학년 남자아이는 방을 정리하거나 욕실 청소를 한다. 그래도 문제는 전혀 없다(오히려 고맙다). 단, 요리라는 것은 그렇게 어렵지도 힘들지도 않다. 스스로가 잘 못한다고 굳게 믿고 있는 것은 아깝다. 같이 안 할래? 제안해 보지만 청소파인 둘째는 흥미 없다는 듯 고개를 가로저을 뿐이다.

어느 날 평소대로 둘이 프라이팬으로 노란색 카스텔라를 구웠다. 『구리와 구라의 빵 만들기』(한림출판사, 1994)에 나오는 카스텔라를 재현했다고 한다. 그렇다 해도 그저 평소의 팬케이크에 달걀과 설탕과 베이킹파우더를 더 많이 넣은 것 같지만, 프라이팬 가장자리부터 부풀어 오른 폭신폭신한 카스텔라는 아주 맛있어 보였고 매력적이었다.

그것을 보고 분명 생각한 바가 있었겠지. 둘째 아들이 "나도 만들래"라고 말을 꺼냈다. 뭘 만드는지는 비밀이라고 하기에 조금 걱정하며 지켜봤다. 그러자 전자레인지로 버터를 녹인 볼을 들여다보며 꼼짝 않는다. 밀가루와 설탕과 달걀이 있는 곳을 넌지시 알려줘도 눈치채지 못하는 기색이다. 도와줄까, 말을 걸자 곤란한 표정으로 뒤돌아봤다.

"버터를 녹이면 핫케이크가 되지?"

뭐? 하고 생각했다. 무슨 소리인지 모르겠다.

"왜, 『꼬마 검둥이 삼보』영국의 동화작가 헬렌 베너먼이 1899년에 발표한 그림동화. 당시 큰 인기를 끌었으나 훗날 인종차별적 표현으로 인해 논란이 되었고 한국에서도 지금은 절판되었다 있잖아. 호랑이가 빙글빙글 돌다가 버터가 되는 거. 버터로 만든 그 핫케이크, 맛있어 보였잖아."

분명 그림책에는 버터로 핫케이크를 구웠다고 나와 있다. 아들은 아무래도 버터만으로 핫케이크를 만들 수 있다고 믿는 모양이었다.

100퍼센트 오렌지젤리

「호랑이 버터」라는 글을 썼었다. 요리도 과자도 만들어본 적 없었던 아들이 『꼬마 검둥이 삼보』라는 그림책에 대한 기억을 바탕으로 버터로 핫케이크를 만드는 이야기였다. 아들은 버터만으로 핫케이크를 만들 수 있다고 믿고 있었다, 라는 결말이었는데 그 글을 읽은 분이 "설마, 아무리 그래도 그렇지"라는 반응을 보였다. 요컨대 버터를 구우면 핫케이크가 된다고 믿을 리 없다 여기신 모양이다.

확실히 열한 살짜리 생각치고는 조금 덜떨어졌을 수도 있다. 그러나 내가 열여덟 살 때에도 비슷한 경험이 있었다. 대학교 1학년 때 학생식당에서 먹었던 오렌지젤리의 라벨에 '과즙 100퍼센트'라고 쓰여 있는 것을 발견했다.

"우와, 100퍼센트 과즙만으로도 굳나 보네."

문득 흘린 말에 동기들이 폭소를 터트렸다. 젤라틴의 존재를 몰랐다. 나는 그 정도로 요리에 관심이 없었던 것이다. 아들을 보고 웃을 수 없다.

나를 바꾼 것은 섬에서 지낸 나날이다. 20대 마지막 무렵에 야에야마 제도오키나와현에 있는 섬들로 위치상으로는 현의 중심인 오키나와섬보다 대만에 더 가깝다를 여행했다. 이시가키섬과 가까운 어느 섬에서 민박집 스태프로 3주 동안 지낸 것이다. 기본적으로 한가했다. 주방에 드나드는 것도 자유로워서 틈만 나면 그곳을 어슬렁거렸다.

거기서는 민박집 주인뿐만 아니라 스태프들(나 빼고)도 솜씨를 발휘해서 좋아하는 요리를 만들어 서로 맛을 보며 즐겼다. 외딴 섬에서 구할 수 없는 식재료는 궁리 끝에 그와 비슷한 것으로 대체하거나 전혀 다른 것을 쓰기도 했다. 아키타 출신 스태프는 밥을 대나무 막대에 처덕처덕 붙인 다음 프라이팬에 굴려가며 구워서 기리탄포반 정도 으깬 밥을 나무 꼬치에 감싸 구운 아키타현의 향토 음식. 닭 뼈 육수에 넣어서 끓여 먹거나 된장을 바르고 구워 먹는다 비슷한 요리를 제대로 만들어냈다. 닭 뼈와 섬에서 나는 버섯으로 냄비 요리를 만들어냈다. 세포까지 스며드는 맛이었다.

레시피대로 하지 않아도, 재료가 갖춰지지 않아도, 좋아하는 것을 좋을 대로 만들면 된다. 그런 당연한 사실을 그 섬에서 배운 느낌이다. 과즙 100퍼센트 젤리가 먹고 싶다고 하면, 지금이라면 젤라틴이나 한천이나 아가agar, 조금 무리하면 갈분으로라도 만들어줄 수 있을 것 같다.

소송채

이걸 먹으면 괜찮아. 그렇게 믿는 음식이 누구에게나 있지 않을까. 일단 흰밥만 있으면 괜찮아. 우유를 마셨으니까 괜찮아.

'괜찮아'의 근거는 가지각색이다. 속이 든든한 느낌, 영양, 그 사람이 중요하게 생각하는 다양한 요소가 한데 얽혀서 '다른 게 없어도 이것만 먹으면 돼'. 그런 편리한 만능 음식은 사실 없겠지만, 그저 오늘 아침은 채소를 잔뜩 넣은 스무디를 마시고 왔으니까 괜찮다고 생각하거나, 어젯밤에 돼지 간肝과 부추를 볶아 먹은 덕분에 오늘은 활기가 돈다고 느끼거나, 그런 식으로 스스로에게 기운을 불어넣어주는 음식은 누구에게나 있을 것이다.

내게는 소송채가 그렇다. 일단 집 냉장고에 소송채는 반드시 구비해둔다. 반찬이 하나 부족한데 소송채랑 베이컨을 같이 볶을까, 라는 식의 편의성 차원에서도 요긴하다. 연달아 외식을 해도 소송채를 먹었으니까 괜찮다고 생각하기도 한다. 영양학적 관점에서 안도감을 크게 느끼는 것인도 모른다. 물론 소송채만 먹으면 충분한 영양을 섭취한다고는 생각하지 않는다. 그건 알지만, 그래도 내 안에 소송채 신앙이라고까지 불러야 할 만큼 신뢰가 강한 이유는 무엇일까.

답은 금방 나왔다. 20대 중반 무렵 한동안 푹 빠져 있었던 식사법에서 유래한 것이다. 마르고 싶다거나 몸무게를 줄이고 싶다는 취지가 아니라 원래 의미의 다이어트, 즉 아름답고 건강한 삶을 위한 식사법이라는 의미에서 새로운 다이어트법이었다. 탄수화물을 줄이고 당분을 끊고 채소와 생선을 주식으로 먹으며 장을 깨끗하게 만들고 열심히 운동하자, 라고 제창했다. 요즘은 당질을 제한하고 근력 운동을 해야 한다는 것도, 장내 세균의 역할이 중요하다는 것도 일반적인 상식이지만 당시에는 획기적이었다. 무엇보다 그 주장을 하는 여성이 생기 넘치고 활동적이어서 몹시 매력적으로 보였다. 시험 삼아 해봤더니 머릿속도 몸도 산뜻해지는 느낌이 들었다.

그 다이어트법에서 섭취를 가장 강하게 권하는 채소가 소송채였다. 나는 부지런히 소송채를 먹었다. 쌀은 안 되지만 설탕을 전혀 넣지 않은 빵이라면 조금 먹어도 되었다. 그래서 매일 빵에 설탕을 넣지 않고 직접 굽고 생선과 채소, 특히 소송채를 삶거나 찌거나 볶아서 반찬으로 삼았다. 주스나 수프로도 만들었다. 아침과 저녁뿐만 아니라 점심 도시락으로도 만들었다. 회사에서 돌아오는 길에 들르는 상점가의 채소가게 주인이 "매일 그렇게 소송채만 먹어서 어쩔 셈이야?" 하며 웃어서 부끄러웠다.

열 달 정도는 계속했을 것이다. 결국 친구와 밥을 먹거나 차를 마시는 데 지장이 있었던 탓에 그보다 더 지속하기가 어려워졌다. 몸은 딱히 달라지지 않은 듯했지만 소송채 신앙은 확실히 세뇌되었다.

지금도 가장 자주 쓰는 채소는 단연코 소송채다. 소송채만 있으면 괜찮다고 생각한다. 그 믿음은 자연스레 계승되어 우리 집 아이들도 채소가 좀 부족하다고 느낄 때면 "오늘 소송채는?" 하고 천진하게 묻는다.

가장 좋아하는 요리

엄마의 요리 가운데 가장 좋아하는 것은 무엇인가요? 초등학교 6학년 아들이 학교에서 질문을 받았다고 한다. 이럴 때 아이들이란 대체로 정성을 쏟아부은 요리가 아니라 김빠지는 요리를 대는 법이다. 낫토나 히야얏코찬 두부에 양념장을 곁들인 요리라고 하면 싫은데.

"뭐라고 대답했어?"

두근두근하며 물었다.

"다시마 표고버섯 수프."

과연. 다시마 표고버섯 수프는 요리연구가 다쓰미 요시코 씨의 레시피로 다시마와 말린 표고버섯을 하룻밤 물에 불린 뒤 찜기로 푹 쪄서 우러나는 맑은 국물을 먹는, 품은 적게 들지만 시간이 걸리는 수프다. 재료 상태나 찌는 정도에 따라서 맛이 달라진다. 잘 만들면 세포까지 스며드는 듯한 맛이 나고, 그렇지 않으면 얄팍한 맛으로 그친다. 신경을 쓰는 데 비해서는 수수한 요리라서 평소의 메뉴에는 넣지 않는다. 가족의 식욕이 없거나 몸 상태가 나쁠 때만 만들었다. 몸이 안 좋을 때 먹기 때문에 마음에 남는 것인지도 모른다.

옆에서 이야기를 듣고 있던 중학생 형이 말했다.

"톳절임이 최고야."

톳이라니 역시 구수한 취향이다.

"그건 일품이지."

남동생도 말했다.

"톳이랑 마늘이랑 바질이라는 조합, 보통은 생각 못할걸."

응, 나도 고개를 끄덕였다. 나머지는 소금과 간장과 화이트 와인으로 절이는 것뿐이다. 아주 간단하고 만들기 쉽지만 아들의 말대로 조합이 절묘하다.

"그걸 생각해내다니 대단했어."

아들들의 칭찬에 싱글벙글 웃다가 깨달았다. 그 조합을 생각해낸 사람은 내가 아니다. 요리책을 보고 만들었는데 맛있어서 단골 메뉴가 되었을 뿐이다. 분명 요리연구가 다케우치 후키코 씨의 레시피였다. 그런데 어느 틈에 내가 생각해낸 것으로 착각한 모양이다.

그건 엄마가 생각해낸 게 아니야. 그렇게 말하려다 멈칫했다. 순수하게 감탄하는 아들들에게 내가 생각해낸 게 아니라고 일부러 알릴 필요가 있을까. 엄마는 대단하다고 여기게 두면 되지 않을까.

"그건 엄마가 생각해낸 게 아니야."

그래도 눈 딱 감고 말했더니 아들들은 어리둥절한 표정을 짓다가는, 웃음을 터트렸다.

"햄버그를 생각해낸 사람도 엄마가 아니라는 거 알고 있는데?"

그야 그렇겠지. 햄버그라는 요리도 내가 발명했다고 하면 아닌 게 아니라 우스울 것이다.

"하지만 엄마가 만드는 햄버그는 맛있으니까. 그걸로 됐잖아."

맛있으니까 그걸로 됐다. 그런가. 그럴까?

여하튼 나는 다쓰미 요시코 씨와 다케우치 후키코 씨께 만들 때마다 감사한다. 그리고 햄버그를 처음 만든 어딘가의 누군가에게도.

한 시간으로 충분해

작가의 작업 기법을 묻는 종류의 취재가 가끔 들어온다. 나의 경우 그저 소설을 쓸 뿐이니 특별히 대답할 만한 기발한 기법은 없다. 그런데 몇 차례 들어온 작업 기법 취재 가운데 '작가가 되고 나서 변한 것은?'이라는 설문이 있었다. 변한 것. 예를 들면 집에서 니가지 않아도 괜찮아진 것. 하루 종일 책을 읽어도 용서받는 것. 예전부터 그런 경향은 있었고 누가 타박한 것도 아니다. 그저 스스로 브레이크를 걸고 있었다. 아내라든가 엄마라든가, 혹은 전업주부라든가 무직이라든가, 스스로를 어떻게 규정할지는 그때 자신의 마음가짐에 달려 있다. 나는 세 아이들을 키우는 데 힘을 쏟아붓고는 있었지만, 집에서 소설을 읽거나 쓰는 자신에게도 약간은 가슴을 펴고 싶었을 것이다.

또 무엇이 있을까. 변한 것. 잠시 생각하다가 결정적인 것이 떠올랐다. 밥을 하는 데 시간을 들이지 않게 된 것. 구체적으로는 저녁 식사 준비를 한 시간 안에 끝내게 된 것이다. 6시 반부터 밥을 먹고 싶은 날에는 정확히 5시 반부터 준비를 시작한다. 타이머를 맞추고, 소매를 걷어붙이고.

한 시간이 긴지 짧은지는 모르겠다. 하지만 작가가 되기 전의 나는 분명 그 두 배쯤 되는 시간을 들였다. 손이 많이 가는 요리도 시간과 품을 들여서 만들었다. 그 시절보다 지금이 솜씨가 좋아졌다는 이유도 있을 것이다. 하지만 그뿐만은 아니다. 식탁에 올라가는 접시의 수도 줄었고 요리 하나에 들이는 수고도 줄었다. 정확히 말하자면 줄였다, 라고 해야 할 터다.

예전에는 저녁밥 준비를 나의 사명으로 여겼다. 과장을 좀 보태자면 저녁밥을 차림으로써 스스로 인정받으려고 했던 것이다. 남편에게서도, 아이들에게서도, 그리고 나 자신에게서도 오케이라는 말을 듣고 싶었다. 보다 제대로 오케이를 받기 위해 매일 무던히도 애썼다.

요리책은 몇백 권이나 가지고 있다. 예전부터 요리책 읽는 것을 좋아했다. 결혼한 뒤로 박차가 가해졌다. 책방에서 좋아 보이는 책을 발견하면 즉시 사들여 구석구석 샅샅이 읽었다.

관심이 가는 요리 프로그램은 녹화해서 여러 레시피를 시도했다.

맛있는 밥은 가족을 키운다. 그것은 사실이라고 생각한다. 내가 가족의 저녁밥 만들기에 들인 시간은 헛되지 않았을 것이다. 하지만 좀 지나치게 애썼다. 잘 먹겠습니다, 뒤에 가족의 반응을 긴장한 채 기다렸고, 딱히 맛있지 않다는 듯 먹는 모습을 보면 모조리 내팽개치고 싶어질 정도로 낙심했다.

확실히 달라졌다. 나는 이제 낙심하지 않는다.

"엄마, 오늘 국 맛이 좀 이상해!"

"어머, 그래? 미안해, 하하핫."

이런 느낌이다.

물리적으로 시간이 없어졌다. 저녁밥을 위해 한 시간 애쓰면 그걸로 오케이가 나온다. 가족에게서가 아니다. 나 자신에게서다. 그렇게 했더니 저녁밥 만들기가 갑자기 즐거워졌다. 아니, 귀찮은 날도 있지만. 소설이 흥미로운 대목으로 들어갔을 때는 부엌에 서야 하는 게 원망스럽기도 하지만.

오케이. 한 시간으로 충분해. 작가가 되어서 바빠졌기 때문이 아니라, 그저 내가 스스로를 아내로서 엄마로서 인정할 수 있게 된 것인지도 모른다.

돈지루

어떤 그림책 이야기를 했더니 그 작품은 원래 우리 잡지에 실렸던 거예요, 하고 젊은 남성 편집자가 말했다. 문장도 그림도 훌륭해서 선물하고 싶어지는 그림책이다.

"잡지에 실린 한 회짜리 단편이었고 당시는 삽화도 다른 사람이 그렸죠."

그 책이 무슨 경위인지 다른 출판사에서 다른 사람의 삽화를 곁들여 한 권의 그림책으로 나왔다고 한다. 처음 실은 것은 자사의 잡지였지만 형태를 바꾸어 독자의 가슴을 울렸다. 편집자는 복잡한 심정이기도 할 것이다.

훗날 그가 '원래 잡지'의 해당 부분을 컬러 복사본으로 보내줬다. 보고, 읽고, 과연, 하고 깊이 납득했다. 원래 이야기에는 아이들 대상의 삽화가 곁들어져 있었다. 그것은 지극히 자연스러운 일이었을 터다. 그런데 단행본에서는 분위기를 완전히 바꾸어 어둡고 조용한 느낌의 삽화를 곁들였다. 그렇게 하니 비로소 이것은 원래 어른에게 하는 이야기였다는 사실을 나도 알 수 있었다. 잡지에 동화로 실렸을 때는 별로 인기를 얻지 못했을 수도 있다. 단행본도 어쩌면 아이들에게는 인기가 없지 않을까.

어른을 위한 그림책으로 다시 태어나서 정말 다행이다. 문장과 삽화의 궁합도 있을 테고, 어떻게 보여줄 것인가라는 편집자의 수완도 있다. 세상에 나온 타이밍도 있을 것이다. 그런 요소가 꼭 맞아떨어질 때 명작은 탄생한다고 절실히 생각했다.

자, 이제 돈지루돼지고기와 채소를 넣고 끓인 된장국 이야기를 하고 싶다.

나는 돼지고기를 별로 먹지 않는다. 특별히 거북하달 것까지는 아니지만 좋아하지도 않는다. 가족들은 먹으니까 필요에 따라 쓰기는 했다. 가령 돼지고기 생강구이라든가, 라후테껍질이 붙어 있는 삼겹살 혹은 돼지 뒷다리살을 오키나와 특산 증류주인 아와모리와 간장 등으로 달고 짭짤하게 양념한 오키나와의 향토 요리라든가. 양념을 진하게 해서 손을 보면 제대로 맛있게 먹을 수 있다.

홋카이도는 신선한 어패류의 이미지가 강하지만 해안선에서 100킬로미터 가까이 떨어진 산속에 살게 되니 오히려 고기를 먹을 기회가 늘어났다. 근처에는 소나 돼지를 기르는 목장이 있고 산기슭 마을에서는 토종닭을 판다.

어느 날 남편이 돈지루를 만들었다. 속이 타서 직접 한다는 느낌이다. 아무리 고기를 먹을 기회가 늘어도 돈지루는 돼지고기의 개성이 너무 강해서 나는 만들고 싶은 마음이 좀처럼 들지 않았다. 풀어놓고 키운 돼지에 그 목장의 농장에서 수확한 양파와 이 지방 두부. 이 세 가지만으로 만든 돈지루였다.

한 입 떠먹고 깜짝 놀랐다.

"맛있어……."

남편은 의기양양했다. 그 돼지를 자연스러운 방식으로 사육했다는 것, 마찬가지로 양파도 시간과 노력을 들여 정성껏 길렀다는 것 등을 이야기했다. 확실히 그건 아주 중요한 일이라고 생각한다. 그러나 아마 그뿐만은 아닐 터다. 돼지고기와 양파와 두부, 게다가 된장. 전부 이 부근에서 수확한 것을 이곳의 물로 조리해서 여기서 먹는다. 그 조합이 잘 맞아떨어진 것이 아닐까 싶었다. 그 그림책처럼. 아직 추운 이 계절에 먹었던 것도 좋았겠지. 배 속 깊은 곳부터 따스해진 느낌이 들었다.

"내 실력이 좋아진 거야."

아무도 말해주지 않자 남편이 자기 입으로 말했다.

맛있는 아침밥

아침밥을 동경해왔다. 맛있는 아침밥을 특집으로 꾸민 잡지에는 나도 모르게 손이 가고, 아침밥에 대한 단편소설이 있으면 반드시 읽고 싶다. 하루를 시작하는 밥이 맛있으면 그날은 대체로 괜찮다는 기분이 든다. 그래서 아침은 그렇게 맛있게 먹었는데 이런 날이 되고 말았어, 라는 식의 구슬픈 결말도 좋다며 몽상한다. 이야기에 한해서지만.

산속으로 이사 온 뒤로 뭘 사는 일이 불편해졌다. 신선한 식재료를 손쉽게 구할 수 있는 것도 아니다. 지금 있는 식재료로 궁리해서 우선은 저녁 메뉴를 짜고 남은 것을 아침 식사로 돌린다. 그러면 계획적이 되어서 아침의 기쁨이 아주 살짝 열어지는 기분이다. 아침에 일어나서 자, 오늘은 뭘 먹을까, 하며 두근두근해야 즐거운 법인데.

오늘 아침에는 빵이 먹고 싶다고 생각하며 눈을 떴다. 빵이다, 빵. 빵이 아니면 아침을 먹기 싫을 만큼 빵이 먹고 싶었다. 그럴 때면 으레 집에 빵이 없기 마련이다. 없으면 만들까. 만드는 수밖에 없나.

이스트를 발효시켜야 하는 빵은 구울 시간이 없으니 베이킹파우더를 쓰는 퀵브레드를 만든다. 오븐 안에서 부풀어 오르는 모습을 보니 만족스러운 기분이다. 반들반들한 새잎이 달린 호두나무를 창 너머로 바라보며 갓 구운 빵을 먹는다. 그것만으로 1.5배쯤 더 맛있다고 생각하지만 아들들은 머뭇머뭇 묻는다.

"밥은 없어?"

한창 먹을 나이에는 빵으로는 좀 부족한 모양이다.

"있어(있지만 말이야)."

밥만은 있다. 중학생 남자아이 둘에 아래로 초등학생이 또 있는 집이라서 언제나 밥만은 지어둔다.

"아침밥으로 운명이 바뀐다는 이야기, 어떻게 생각해?"

밥을 푸면서 말을 걸자 가족들은 하나같이 애매하게 미소 지었다. 또 시작이네, 하는 표정이다.

예를 들어 사이좋은 몇 명으로 이루어진 그룹이 있다 치자.

마음이 잘 맞는 어머니들이라도 좋고, 세미나 동료 학생들이라도, 은행 강도 5인조라도 좋다. 그들이 그날 아침 무엇을 먹고 왔는가는 아마 하찮은 이야기일 것이다. 이른 아침부터 그들은 어떤 공통의 목적을 위해 모인다. 이제까지는 잘 지냈던 동료들이다. 그런데도 사소한 곳에서 의견이 나뉜다. 인간관계에도 미묘하게 금이 가기 시작한다. 이윽고 결정적으로 갈라져서 관계가 회복되지 않는다. 다양한 요인이 있고, 사정이 있고, 과거의 경위도 얽힌다. 하지만 직접적인 계기는 그날 아침에 먹은 아침밥이다. 다른 멤버는 밥을 먹었는데 혼자만 시리얼을 먹었다든가. 아니, 오히려 제대로 차린 일식으로 아침밥을 먹었다든가. 정성껏 우려낸 국물을 보고 오래전 돌아가신 할머니를 떠올렸던 것이다. 아니, 반대로 싫은 기억이 되살아났을 수도 있다.

문득 고개를 들어보니 나 말고 네 사람은 밥에 낫토와 멸치로 묵묵히 아침 식사를 마치려는 참이었다. 모처럼 만든 퀵브레드는 완전히 식어버렸다.

애플파이

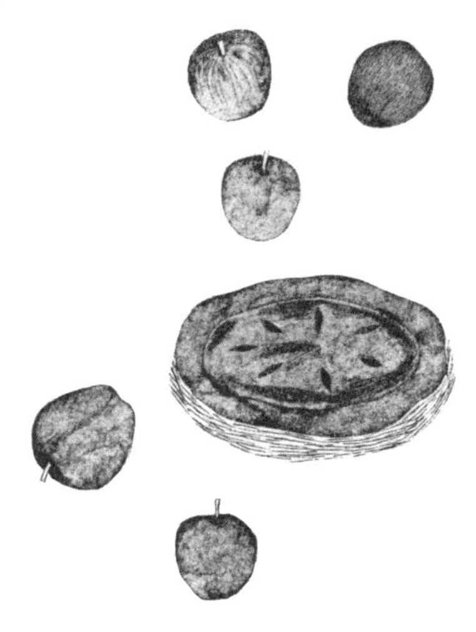

무화과를 좋아한다. 수수한 과일이지만 수수하게 맛있다.

굳이 말하자면 좀 지나치게 수수하다. 옛날에는 입맛을 보다 확 잡아끄는 사랑스러운 달콤함이 있었던 것 같다. 친정 마당에 주렁주렁 열렸던 무화과는 이 무렵 시장에 나오는 것보다 자그마하고 동그스름하고 맛이 진했다. 그 무화과를 오랫동안 보지 못했다. 친정집을 개축할 때 나무를 베어버려서 다시 만날 수 없게 되었다. 지금 가게에서 보는 것은 통통하고 순하고 덤덤한 무화과다. 어쩌면 과거의 맛있었던 기억을 미화하고 있는 걸까?

그렇게 생각했는데 어느 날 기억 그대로의 무화과를 발견했다. 아키타에 있는 시장이었다. 한 알 먹고 이거다, 생각했다. 작고 동글동글하고 확실히 달다. 그런 종種이라고 가게 주인이 알려줬다. 재배가 어려워서 시장에는 나오지 않는다고. 무척 아쉬웠지만 역시 옛날의 무화과는 맛있었던 거라며 홀로 깊이 수긍했다.

무화과와 막상막하로 자두도 좋아한다. 자두로 불리는 과일에도 다양한 종류가 있다. 껍질이 붉어서 달콤할 것 같지만 맛은 흐리멍덩한 것도 있는가 하면, 씨 주위가 시큼해서 다 못 먹는 것도 있다. 옛날에 먹었던, 달콤함과 새콤함이 파도와 갈매기처럼 잘 섞여 있는 자두는 여간해서는 못 보는구나 싶어서 꽤 오랫동안 포기하고 있었다. 맛있어 보이는 자두를 발견할 때마다 사서 먹어보고는 고개를 갸웃거리는 식이다. 어쩌면 내가 실은 자두를 좋아하지 않는 게 아닌가 싶을 때도 있었다.

홋카이도의 이웃이 본가의 과수원에서 수확했다는 자두를 나눠줬다. 깜짝 놀랄 정도로 맛있었다. 이거다. 내가 좋아했던 자두는 이거였다. 물어보니 고향은 나가노현이라고 한다. 내가 후쿠이현의 아이였던 시절, 맛있게 먹은 자두는 나가노산이었을까. 물론 나가노산에도 종류가 여럿이겠지나가노현과 후쿠이현은 모두 일본의 중부지방에 속한다. 옛날에는 널리 재배되었던 종이 지금은 인기가 시들해져서 나가노의 그곳에만 남아 있을 수도 있을까. 앞으로는 매년 그 과수원에서 자두를 살 수 있다니 날아오를 듯 기쁘다. 자두를 계속 좋아하기를 잘했다고 생각했다.

그리고 사과다. 옛날 사과는, 하며 한탄하는 사람은 내가 아니라 남편이다. 나는 요즘의 사과에 충분히 만족한다. 하지만 남편의 말에 따르면 사과는 보다 아삭하고 새콤해야 한단다. 그걸로 애플파이를 만들면 정말로 맛있다고.

결혼한 뒤로 홍옥이나 그래니 스미스녹색 또는 녹황색이 나는 사과 품종 중 하나가 손에 들어오면 애플파이를 만든다. 완성된 파이를 한입 가득 먹으며 사과 씹는 맛이 좀 더 살아 있는 편이 좋은데, 라든지 파이 반죽은 묵직한 게 좋아, 하며 기억을 더듬는 사람은 남편이다. 나는 그 말을 응, 응, 하고 들으며 메모한다. 기억 속에서 찬연히 빛나는 맛을 발견할 수 있다면 행복할 테고, 그 맛을 찾기까지의 길 또한 즐겁다.

옛날에 아이였던 남편이 몹시 좋아했던 애플파이는 표면에 살구 잼을 바른 모양이다. 사과 아래로 카스텔라 반죽이 끼어 있는 타입의 파이였던 것 같다는 점도 알았다. 하지만 그로부터 몇십 년이나 지난 지금은 포슬포슬한 크럼블과일 위에 버터, 밀가루, 설탕 또는 아몬드 가루를 섞어 만든 반죽을 덮은 것을 올린 가벼운 타입이 좋아진 것 같다. 그 맛을 좋아했지, 하며 행복한 기억을 떠올리다가 여기에 해마다 조금씩 개량한 맛을 겹쳐나갈 수 있다는 것이 가족의 즐거움이라는 생각이 든다.

캠프 날 아침의 커피

나는 대체로 마실 것이 든 머그컵을 근처에 두고 일한다. 녹차나 호지차녹차 찻잎을 볶아서 만든 차나 밀크티. 여름철에는 차갑게 만든 탄산수(무설탕)일 때도 많다. 하지만 중요한 대목이라서 기합이 들어가는 장면을 쓸 때나 마감이 코앞일 때 등에 무심코 만드는 것은 커피다.

"커피는 지금부터를 위한 음료라는 느낌이 든다. 홍차는 굳이 따지자면 회상을 위한 음료가 아닐까."

책을 읽던 중 이런 대사가 나와서 나도 모르게 고개를 끄덕였다. 커피를 마시고 한숨 돌리면 '자, 조금만 더 힘내볼까'

한다. 나에게 커피란 그런 음료다.

아이들은 커피를 안 마신다. 홍차도 안 마신다. 카페인이 들어 있어서이기도 하지만, 아마 아이에게는 필요가 없을 것이다. 그들은 차분하게 과거를 회상하거나 음료로 의욕을 고취시킬 필요가 없다. 음료의 효과에 기대지 않아도 그들에게는 앞으로 척척 나아갈 수 있는 힘이 있다.

"냄새는 좋아."

커피 마실래? 하고 물었을 때 그들의 반응이다. 어릴 때 한 모금 마시고는 말한다.

"윽, 써."

저마다 얼굴을 찌푸렸을 때의 인상이 강한 거겠지.

여름에 우리 지역의 등산 행사가 있었다. 홋카이도 다이세쓰산 [홋카이도 중앙부에 솟아 있는 화산군의 명칭으로 해발고도 2000미터 안팎의 고봉이 10여 개 이어져 있다] 가운데 2000미터급 산이다. 올라가는 데만도 여덟 시간 정도 걸린다고 한다. 우리 부부와 막내는 집에 남고 위의 두 아이만 참가했다. 몇 년 전 7월에 저체온증으로 많은 등산객이 숨진 산이다. 올해도 추웠다. 우리가 사는 산기슭과 산꼭대기는 체감상 20도쯤 차이가 난다는데, 당일 아침 집 앞의 온도계 눈금은 고작 14도를 가리키고 있었다. 전문가가 따라갔다고는 해도 조마조마한 마음으로 돌아오기를 기다렸다.

다음 날, 다시 몇 시간이나 걸려서 산을 내려온 아들들은 걱정과 달리 건강했다. 피곤하겠지. 하지만 평소에는 못 보는 풍광을 봤겠지. 별도 근사하지 않았을까. 꽃이 많기로 유명한 산이니 걷는 길도 틀림없이 예뻤을 것이다.

"어땠어?"

잔뜩 기대하며 물었더니 아들들은 잠시 생각하다가 대답했다.

"커피가 맛있었어."

여름날 이른 아침에 한겨울용 플리스 소재의 옷을 껴입고 텐트에서 빠져나온 아들들에게 누군가가 컵에 커피를 담아 건넨 모양이다.

"아침 해."

"구름바다."

"작은 가스버너."

"뜨거운 커피."

수수께끼를 내듯 드문드문 흘러나오는 단어를 듣기만 해도 중학생인 그들이 산꼭대기에서 어떤 아침을 맞이했는지 엿본 듯한 기분이 들었다.

오뎅

외갓집은 도쿄의 상점가에 있었다. 도덴도쿄도에서 운영하는 노면 전차 정거장부터 이어지는 옛 모습 그대로의 상점가에서 샛길로 들어서면 금방 나오는 곳이었다.

어머니는 형제자매가 많아서 나에게는 사촌이 잔뜩 있었다. 여름방학이나 봄방학처럼 긴 방학이 되면 우리는 들뜬 마음으로 외갓집에 모였다. 딱히 행사가 없어도, 어딘가로 놀러 가지 않아도 충분히 즐거웠다. 수많은 사촌들이 모이는 것만으로 기뻤다. 다 같이 밥을 먹거나 목욕을 하거나 트럼프를 쳤다. 걸어서 금방인 상점가에서 뭘 사는 것도 사촌들과 함께

라면 특별한 이벤트가 되었다.

그 무렵 어른 몫을 포함한 우리의 간식은 이모들 중 누군가가 삶은 옥수수나 누군가가 구운 센베이나 누군가가 찐 고구마였다. 모두와 함께 먹으면 뭐든 맛있었다.

가끔 상점가에 가서 오뎅가다랑어와 다시마 육수에 곤약, 무, 어묵, 삶은 달걀 등 각종 식재료를 넣고 푹 끓여 먹는 요리. 한국에서는 오뎅이 어묵과 같다고 알려져 있으나 어묵은 오뎅 재료 중 하나다을 샀다. 이제와 돌이켜보면 이상한 일이지만 그 상점가에는 1년 내내 오뎅이 있었다. 대체 어느 가게 앞에서 오뎅을 팔았는지는 잘 기억이 안 난다. 오뎅만 전문으로 파는 가게가 있었던 걸까? 그러나 적어도 두 집, 어쩌면 세 집, 바둑판 모양 칸막이로 나뉜 네모난 냄비에 늘 오뎅을 삶고 있던 가게가 존재했던 것은 사실이다. 우리는 거기서 한 사람당 하나씩 좋아하는 오뎅을 골랐다. 꼬치에 꿰어져 있어서 그 자리에서 먹는, 그야말로 '간식'이었다. 나는 늘 한펜다진 생선살에 마 등을 갈아 넣고 반달형으로 찐 식품이었고 내가 아주 좋아하는 사촌은 언제나 지쿠와부반죽한 밀가루를 방망이 모양으로 만 다음 찌는 음식였다. 여름방학 때도 겨울방학 때도 오뎅을 먹었다.

슬슬 추워지면 오뎅을 끓이는 일이 즐거운 이유는 분명 그 시절의 기억이 살아 있기 때문이다. 여러 식재료 가운데 좋아하는 것을 골라 먹을 수 있다. 평소의 밥반찬과는 느낌이 좀 다른 점도 좋다.

그런데 우리 집 아이들은 저녁밥 반찬이 오뎅이라는 것을 알면 표정이 어두워진다. 뭐어~ 오뎅~? 하며 입을 삐쭉 내밀기도 한다.

"맛있어, 간이 배어 있거든."

오뎅 가게에서 호객하듯 말하면

"맛있다는 건 알아."

"오뎅이면 밥을 못 먹으니까 그렇지."

그 말을 들으니 짚이는 데가 있다. 그렇다, 오뎅이면 밥을 못 먹는다. 어린 시절의 나도 그렇게 생각했다. 당연한 일이다. 오뎅은 간식이었던 것이다.

"그럼 오뎅 하는 날은 밥 안 먹어도 되는 걸로 할래?"

이렇게 제안하자 세 아이의 입이 더더욱 쑥 나왔다.

"어른은 술을 마실 수 있으니까 괜찮겠지!"

아아, 오뎅 하는 날은 행복하다. 옛날에는 간식, 지금은 술안주.

너희들도 얼른 어른이 되면 좋을 거야. 마음대로 만들어서 마음대로 먹을 수 있거든. 오뎅은 행복이란다.

밀크티와 슬리퍼

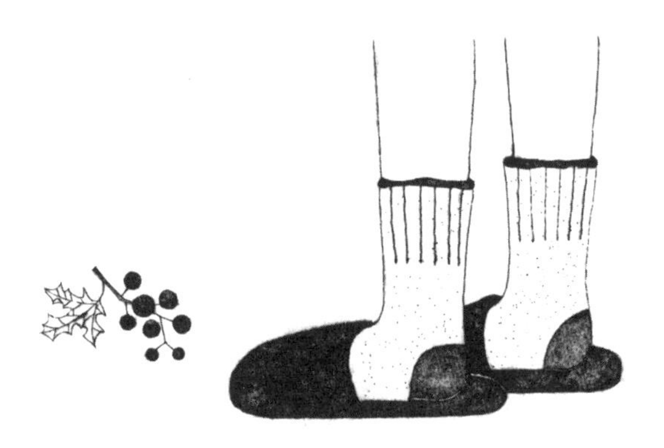

갑자기 슬리퍼가 차가워져서 깜짝 놀랐다고 딸이 말한다. 무슨 뜻이냐고 되물었더니 어제까지만 해도 평소처럼 신었던 화장실 슬리퍼가 오늘 아침 갑자기 차갑게 느껴졌다고 한다. 슬리퍼가 차가운 것보다 그 급작스러움에 놀랐단다.

홋카이도의 겨울은 급작스럽다. 어느 날 아침에 문득 늘 마시던 다르질링이 아니라 아삼을 고르고 있다. 도카치의 맛있는 우유를 듬뿍 넣은 밀크티를 마시고 싶어진다.

날씨가 쌀쌀해지면 스트레이트티보다 밀크티가 그리워지는 사람은 아마 나뿐만은 아닐 터다. 잘 설명할 수 없지만 기온이 떨어지면 '산뜻한 맛'보다 '진한 맛'이 당기는 것은 자연의 섭리이며, 다시 말해 우리의 몸이 그렇게 만들어져 있다는 뜻이 아닐까 싶다.

어느 날 갑자기, 라는 것은 즐거운 감각이다. 달력대로는 굴러가지 않는다. 예부터 전해 내려온 24절기도, 그것을 다시 세 등분한 72후候도 현대에 꼭 들어맞는 것은 아니다. 이 시기 일본의 기후는 불확실하다. 내가 나고 자란 호쿠리쿠에서도 겨울의 눈이 줄어든 만큼 여름은 무더위로 고생하게 되었다. 72후로는 현실과 맞지 않는 경우가 생기는 것도 당연하다.

그 점을 생각하면 홋카이도는 오히려 상쾌하다. 8월이 끝나갈 무렵이면 이미 으슬으슬하다. 철에 따른 옷차림만 해도 반팔을 입는 기간은 1년 중 두 달 정도밖에 안 된다. 그리고 문득 정신을 차려보면 '슬리퍼가 차갑다'. 홋카이도 초심자인 내게는 이제부터 닥쳐올 영하 20도의 계절이 벌써부터 무섭다. 무서운 것만큼 기대도 된다.

무섭고도 기대되는 일이 가까이에 하나 더 있다. 아이들의 성장이다.

어느 날 문득 밀크티를 마시고 싶어지는 것처럼 아이들도 새로운 계절을 보내고 있지 않을까. 그렇게 생각하게 된 데는 큰아들이 중학교 3학년 겨울을 맞이하여 봄부터는 부모의 곁을 떠나 진학할 수도 있다는 가능성이 생겼기 때문일 것이다. 자취는 아직 먼 일이라고 생각했는데, 아들 쪽에서는 준비가 되어가고 있었던 모양이다.

아이들에 대해서라면 뭐든 안다고 생각한 적은 한 번도 없다. 사실 그들이 어렸을 때부터 나는 아마 절반쯤밖에 이해하지 못하는 엄마였을 것이다. 초등학교 1학년 시점에서 절반 정도였던 이해도는 아이들이 성장하면서 조금씩 떨어져갔다. 앞으로 자신들의 세계가 커져가면서 더더욱 공유할 수 있는 부분은 줄어들겠지.

그래도 좋다고 생각한다. 물론 서로를 깊이 이해하는 부분도 있고, 서로에게 보여주지 않는 부분도 있다. 친한 친구나 미래의 연인에게라면 보여줄 수 있을지도 모르고, 아니면 평생 혼자서만 껴안고 갈 부분이 있어도 좋다.

기왕이면 완전히 어른이 되어도 이 부분만은 엄마가 가장 잘 알아줬지 생각해준다면 기쁘겠지만, 클 만큼 큰 아들이 그런 식으로 여기는 어머니도 조금 징그럽다. 어느 날 갑자기 아, 오늘부터는 밀크티야, 생각한 순간 홍차를 좋아하는 엄마를 떠올려주는 정도가 딱 좋을지도 모른다.

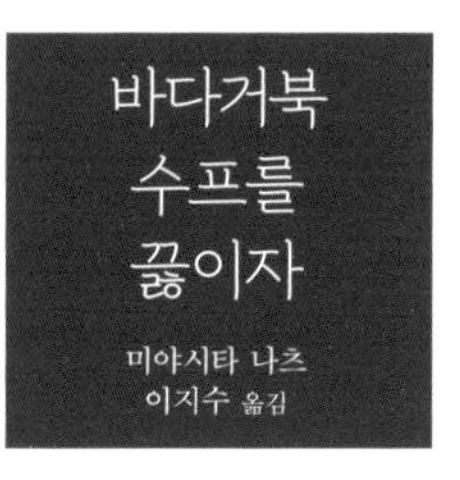

독자님, 안녕하세요. 마음산책입니다.

얼마 전 출간된 『음식의 위로』(에밀리 넌)를 기억하시나요? 달걀 프라이를 얹은 살구색 표지의 책이요. 오빠의 죽음, 파혼 등 불운에 휘청이던 저자가 삶을 견디는 방법은 요리였습니다. 에밀리는 미국 전역의 친구들을 찾아가 음식을 함께 나누며 "지금은 자책 대신 빵을 구울 시간"이라고 말하지요.

『바다거북 수프를 끓이자』에서도 음식에 얽힌 추억은 빼놓을 수 없습니다. 소설가 미야시타 나츠가 육아에 지쳐 공원 벤치에 앉아 있던 겨울날, 한 아저씨가 건넨 뱅쇼 한잔 같은 것들이요. 무엇보다 『바다거북 수프를 끓이자』는 홋카이도 산골 생활을 하며 세 아이를 키우는 작가의 건강한 기운으로 충만합니다. "매일매일 먹는 밥이 너를 살린단다"는 말처럼 미야시타 나츠판 '삼시세끼'는 삶을 보듬습니다. 정성을 다해 만든 한 끼가 홀대받은 내 하루를 뭉근하게 위로해주는 기분, 한번쯤 느껴보셨겠지요. 여기에 눈 빙수·돈지루 등 산촌 특유의 로컬 음식, 오세치 등 절기음식을 만나는 재미도 쏠쏠합니다. 단, 침 고임 주의.

그나저나 '바다거북 수프', 이 괴식은 무엇일까요? 그 정체가 궁금한 분들은 책 말미에 보너스처럼 수록된 짧은 소설 「바다거북 수프」를 펴보세요!

마음산책 드림

산속의 설날

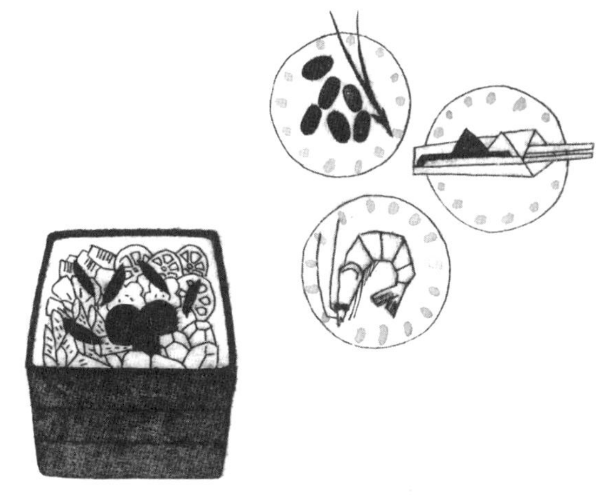

지금까지 맞이한 설날은 대부분 후쿠이에서 보냈다. 어린 시절은 물론이고 열여덟 살 때 도쿄로 온 뒤로도 설에는 반드시 고향에 갔다. 설날은 그런 거라고 생각했다.

연말부터 정초까지 이어지는 휴일에 여행을 떠나는 사람이 많다고 들었을 때는 그래서 놀랐다. 그렇게 하는 사람은 텔레비전에 나오는 연예인뿐이라고만 생각했다. 오세치 요리를 먹지 않아도 한 해는 제대로 시작되는 모양이다.

친정에는 오세치용으로 검은 찬합과 빨간 찬합, 그리고 은은한 금색 원통형 찬합이 있었다. 어느 찬합의 어디에 무엇이

들어갈지는 정해져 있어서 검정과 빨강 찬합에는 되직한 조림 등을 넣는 것이 관례였다. 어린 시절에는 검정과 빨강에는 관심이 없었고 금색 찬합 속에 든 것을 즐겨 먹었다. 금색에는 검정콩조림과 구리킨톤, 이쿠라소금물에 절인 연어나 송어의 알와 햄 같은 것이 들어 있었다.

결혼하고 첫해에 찬합을 샀다. 당시 살았던 니가타의 백화점에서 발견한 자그마한 아이즈누리아이즈 지방에서 제작한 칠기로 일본의 전통 공예품이다 찬합이다. 연말에 고향에 갈 때 그것을 들고 가서 섣달 그믐날 친정에서 음식을 담았다. 내가 만든 것은 검정콩조림과 구리킨톤뿐이었다. 조금씩 품목을 늘려가자고 그때 분명 결심했다. 그렇지만 이듬해 이후로도 아기에게 손이 많이 간다든가, 어린애는 오세치 요리를 못 먹는다든가, 이런저런 이유를 대며 오세치 만들기를 회피했다.

아이들이 젖먹이도 유아도 아니게 되어서야 겨우 새로운 오세치에 도전하게 되었다. 인기는 없다. 설날에 조니주로 설날에 간장이나 된장 국물에 떡을 넣고 끓여 먹는 일본식 떡국와 함께 형식상 먹는 정도다. 나머지는 역시 친정에서 나눠받은 옛날 그대로의 조림 찬합으로 타결을 본다.

올해 봄부터 다이세쓰산 국립공원 안에서 살고 있다. 신록에 눈을 빼앗기고 여름의 청량함에 감격하고 가을의 맛있는 공기에 기뻐하며 매일 산책했다. 그리고 드디어 겨울이다. 기온이 연일 영하 20도까지 내려간다는 겨울. 그 혹독한 겨울을 실컷 느끼고 싶어서 이번 설날은 여기서 보내기로 결정했다.

자, 문제는 설 연휴 때 가족의 식사다. 역시 오세치겠지. 가게는 없다. 외식할 수 있는 가게뿐만 아니라 식료품점도 없다. 산을 내려가서 얼마간 가면 시내가 나오지만 정초 사흘간은 가게 문을 열지 않을 듯한 다소곳한 동네다. 음, 역시 오세치다. 오세치를 만들자. 만드는 수밖에 없다.

이제 친정의 오세치는 받아올 수 없다. 설 연휴 동안 가족 5인분의 식사를 조달할 수 있을 만큼 오세치를 아이즈누리 찬합에 가득 담자. 큰일이라고 생각하는 마음과 자랑스러운 마음이 둥실둥실 뒤섞인다. 겨우 어엿한 어른이 된 기분이다.

"올해는 오세치 요리를 열심히 만들어볼까 해."

내가 말했더니 초등학생과 중학생 아이들이 좋아한다.

"나도 도울래!"

"재밌겠다."

함께 만들면 즐겁겠지. 갑자기 의욕이 생겼다.

산속의 설날. 분명 쥐 죽은 듯 고요할 것이다. 동네에 하나 있는 작은 신사는 새하얀 눈에 묻혀 있겠지.

다가오는 해도 모쪼록 소소한 기쁨으로 가득하기를.

이딸라와 바움쿠헨

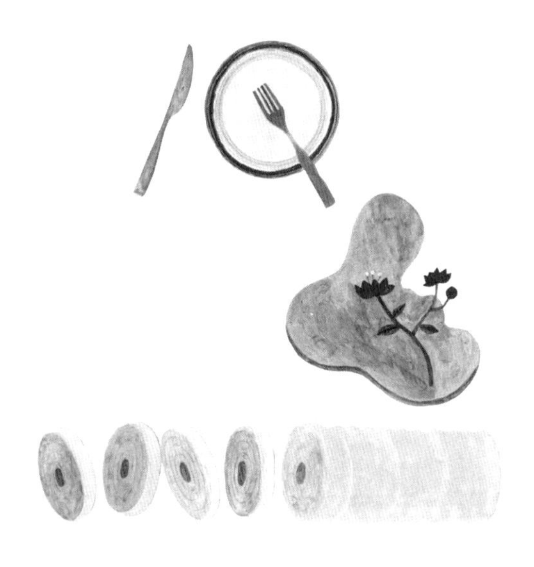

젊은 시절 친구 몇 명이서 들렀던 북유럽 잡화점에서 이딸라핀란드의 식기 브랜드의 컵을 보고는 “귀여워! 전부 갖고 싶어!” 하고 큰 소리로 외쳤던 아이가 있었다. 덕분에 그녀는 이후로도 계속 이딸라와 세트로 묶이게 되었다. 생일이나 축하할 일이 있을 때 그녀에게는 이딸라를 보내면 문제없다고 친구들 사이에서 인식되었다는 뜻이다.

그녀는 결혼 축하 선물로는 물론 여기저기서 이딸라 컵이나 접시를 받았다. 소원 성취라고 해야 할까, 그녀의 집 식기장은 이딸라로 가득하다.

"신제품이 나와도 언젠가는 누군가가 틀림없이 보내줄 거라고 생각하면 직접 살 마음이 안 들어. 하지만 언제 받을 수 있을지 모른다는 게 곤란한 점이지."

이딸라 티세트로 차를 우리며 꽤 기쁜 기색으로 그녀가 말했다. 유리컵과 커틀러리나이프, 포크, 숟가락 등의 식사용 기구, 꽃병에 이르기까지 전부 선물받은 이딸라라고 한다.

이렇게 말하는 나도 그녀의 생일 선물로 무엇을 줄지 망설여질 때, 뚜렷이 떠오르는 물건이 없거나 시간을 들여 느긋하게 고를 여유가 없는 경우 '이딸라에게는 이딸라를'이라고 생각한다. 이것만은 기뻐해줄 거야, 하며. 보내는 쪽에게도 받는 쪽에게도, 바라는 물건이 확실하다는 건 편리한 일이다.

쓸모는 그뿐만이 아니다. 딱히 선물을 고르던 중이 아니라도 가게에서 이딸라와 눈이 딱 마주치면 그녀를 떠올린다. 이거 가지고 있을까? 생각한다. 적당한 것이라면 그 자리에서 사서 소중히 보관해둔다. 언젠가 만나면 전해주자, 하고 다음 기회를 상상하는 것도 즐겁다. 나뿐만이 아니라 그녀를 이딸라라고 인식하고 있는 친구들은 다들 비슷한 행동을 할 것이다. 그녀는 누구보다도 선물을 받을 기회가 많을 것이 틀림없다.

한편 좋아하는 것을 스스로 신고할 기회를 놓친 나. 어지간한 일이 없는 한 선물을 받는 경우도 없다. 이딸라는 좋겠다고 생각한다.

"엄마한텐 바움쿠헨나이테 무늬로 켜켜이 구운 독일 빵이 있잖아."

초등학생 딸이 생글거리며 말한다. 그러고 보니 이 아이는 스누피를 좋아해서 스누피 봉제인형을 들고 다니며 스누피 그림만 그렸더니 어느새 갖가지 스누피 상품을 선물받게 되었다. 세상은 그런 식으로 돌아가는 모양이다.

"수많은 친구들이 엄마가 바움쿠헨을 좋아한다는 사실을 아니까 바움쿠헨이 모여드는 거야."

흐음, 그럴까. 그럴 만큼 알려져 있지는 않을 터다. 또 애초에 그 정도로 모여들지도 않는 것 같다. 직접 이것저것을 사서 먹어보고 있을 뿐이다.

"그럼 이제부터라도 바움쿠헨이 너무 좋다고 말해보면 어때?"

그러면 속셈이 빤히 보이지 않을까. 왠지 라쿠고재미있는 내용으로 청중을 웃기는 일본의 전통 예능 〈만주가 무서워〉저마다 무서워하는 것을 말하는 자리에서 한 청년이 자신은 만주라고 말한 뒤 방에 들어간다. 남은 이들은 청년을 골려주려고 만주를 방에 던져 넣는데, 그는 "이런 무서운 것은 먹어서 없애자"라며 전부 먹어버린다. 그제야 속았다는 것을 안 사람들이 정말 무서워하는 것은 뭐냐고 묻자, 청년은 이번에는 "진한 차 한 잔"이라고 대답한다가 떠오른다.

썩 괜찮을지도 모른다. 미야시타에게는 어쨌거나 바움쿠헨. 다들 고민하지 않게 된다. 특별한 계기가 없더라도 바움쿠헨을 보면 나를 떠올려줄지도 모른다.

"바움쿠헨, 무서워."

입 밖으로 꺼내보니 조금 웃겼다. 그래도 바움쿠헨은 직접 사 먹을 테니 아무도 안 주셔도 됩니다.

수제비에 얽힌 기억

맛있다고 소문난 가게의 피로슈키다진 고기와 채소 등을 밀가루 반죽으로 감싸 오븐에 굽거나 기름에 튀기는 러시아 요리를 먹었다.

"맛있네."

가족끼리 말을 주고받으며 즐거워했는데 나중에서야 남편이 머뭇머뭇 "이건 피로슈키가 아니야"라고 했다.

"피로슈키가 아니면 뭐야. 어디가 다른데?"

물어보자 잠시 생각하다가 말한다.

"실곤약이 안 들어 있어."

"뭐?"

본고장의 피로슈키에는 실곤약이 들어 있는 걸까.

"곤약이 러시아에도 있을까?"

아들이 내뱉은 한마디에 남편도 어쩐지 입을 다물고 말았다. 확신은 없는 거겠지. 어쩌면 어린 시절 먹었던 피로슈키에 실곤약과 비슷한 식재료가 들어 있었을 수도 있다. 그렇다해도 "이건 피로슈키가 아니야"라니, 세게도 나왔다고 생각했다.

이제 수제비 이야기다.

어린 시절 어머니가 가끔 수제비를 만들어줬다.

"수제비는 별로 안 좋아해"라면서도 아버지가 좋아하니까 끓인 거겠지.

밀가루를 물에 풀어서 부글부글 끓는 물에 떨어트린다. 뜨거운 물에 반죽이 떠오르면 완성인 간단한 요리다. 어머니는 그것을—수제비 반죽만—된장국에 넣어서 우리에게 줬다. 평소에는 건더기를 잔뜩 넣어서 된장국을 만드는 어머니치고는 조금 색다른 요리. 하지만 건더기 없는 된장 우동 같은 맛이 나는 좋았다.

"전쟁 중에는 먹을 것이 없었거든."

언젠가 이야기해줬다. 어머니는 전쟁이 시작된 해에 도쿄에서 태어났다. 전쟁이 격화될 무렵 연줄에 의지하여 일가가 시골로 피난을 간 모양이다. 덕분에 공습만은 당하지 않았지만 먹을 것은 부족했다. 대가족이라 어머니의 식구 한 사람

한 사람에게 돌아오는 양은 적어서 늘 다들 배를 곯았다고 한다.

"밥에 보리를 섞거나 고구마를 넣어서 양을 늘렸지. 그것도 보리나 고구마가 훨씬 많았고. 흰 쌀밥을 배 터지게 먹고 싶다고 늘 생각했어."

어머니가 웃으면서 말했기 때문에 아이였던 나는 그다지 무섭지는 않았지만, 식량이 고루 보급된 뒤로도 한동안은 고구마를 쳐다보기도 싫었다고 덧붙인 말씀이 마음에 남아 있다. 흰쌀 대신 주식이 된 수제비도 그 '쳐다보기도 싫었던' 음식 중 하나였다고 한다.

지금 나는 연어와 다시마로 육수를 낸 다음 뿌리채소를 잔뜩 넣어서 된장국을 끓이고, 거기다 불룩하게 두꺼운 수제비 반죽을 떨어트린다. 홋카이도의 겨울 식탁에 안성맞춤인 국물 요리가 된다.

어머니가 본다면 분명 '이건 수제비가 아니야' 생각하겠지. 하지만 입 밖으로 내지는 않고 "맛있겠네" 하며 웃기만 할 수도 있다. 흰쌀을 못 먹었던 시대의 이야기나 수제비를 싫어하게 된 이유를 내가 조금씩 아이들에게 전해주는 입장이 되었다.

여차하면 후리카케

"걱정하는 것보다 낳는 것이 쉽다시작하기 전에는 걱정이 되지만 실제로 해보면 의외로 쉽다는 뜻의 일본 속담"라는 말은 어떨 때 쓰는 것이 적당할까. 아이 셋을 낳은 경험으로 말하자면 실제 출산은 생각했던 것보다 훨씬 힘들었다. 출산 말고는 대체로 염려할 일은 없다. 얼마나 힘들까 걱정했는데 별것 아니었던 경험이 대부분이다. 이를테면 도시락 싸기. 올봄 큰아들이 고등학생이 되었다. 점심은 매일 도시락이다. 아들은 고등학생이 되면 스스로 도시락을 싸야 한다고 생각했던 모양인지, 내가 싸준다는 것을 알자 몹시 기쁜 기색으로 말했다.

"고마워, 반찬은 매일 똑같아도 돼. 바쁜 날은 밥만 싸줘도 괜찮아."

더할 나위 없이 장벽을 낮춰줬다. 그리하여 차조기 후리카케밥에 뿌려 먹는 가루 형태의 음식, 이른바 '유카리'보라색'이라는 뜻으로 차조기 후리카케의 상품명'를 '유카리탄'탄'은 이름 뒤에 붙여서 친근함을 나타내는 호칭'이라고 이름 붙여서 싸 들고 간다. 반찬이 좀 부족하거나 맛이 싱거울 때 유카리탄의 도움을 받는 모양이다. 그 말에 나도 마음이 편해졌다. 여차하면 유카리탄이 있다.

도시락 반찬은 저녁밥을 차릴 때 조금 덜어둔다. 혹은 재료를 같이 준비한다. 그로써 아침 준비가 훨씬 편해진다. 냉동해두는 방법도 있다. 넉넉하게 만든 반찬을 랩으로 싸서 냉동한다. 그 반찬이 있다는 생각만으로 도시락을 만들 힘이 불끈 솟는다.

생각지 못한 반작용도 있다. 도시락 반찬을 알차게 만들고 싶다는 마음 덕분에 새로운 레시피를 시험해보기도 한다. 덜어놓기 위해 저녁 반찬을 하나 늘리게 된다. 뭔가 즐거운 본말전도다. 여차하면 유카리탄, 이라는 보험이 있기에 생긴 여유다.

지나치게 의욕을 부리지 않는 것은 중요하다. 우리 집 아이들은 셋 다 어릴 때부터 피아노를 배웠다. 홋카이도의 산속에서 살던 지난해 한 해 동안은 역시 레슨을 중단하는 수밖에 없었지만, 그사이에도 자기들끼리 마음대로 치면서 즐겼다.

봄에 돌아와서 원래의 선생님께 다시 배우기 시작했다.

초등학교를 졸업하는 시기에 그만두는 아이도 많다고 들었다. 특히 큰아들은 고등학생에 남자아이, 그럭저럭 10년도 넘게 피아노를 배우고 있다고 말하면 상당한 실력을 기대한다. 그래서 학교에서는 피아노를 칠 수 있다는 사실을 비밀로 하는 모양이다. 숨기느니 정정당당하게 연습해서 실력을 갈고닦아 모두에게 알려도 되잖아, 하고 생각하지만.

그런데 아이들이 피아노를 그만두고 싶다고 말한 적은 한 번도 없다. 중학교에 올라갈 때 그만두는 건 아닐까, 운동부 활동으로 매일 귀가가 늦어져서 그만두는 건 아닐까 생각했는데 계속한다. 학교가 바빠서 시간이 없어도 휴일에 짬을 내어 즐겁게 치고 있다. 피아니스트가 되는 것이 목표는 아니다. 너무 혹독하게 연습하지 않는다. 즐기는 것이 비법이다.

그러고 보면 우메보시도 그렇다. 갑자기 한꺼번에 몇십 킬로그램이나 완벽하게 절이려 들면 힘들다. 처음에는 2킬로그램, 3킬로그램부터 시작해서 익숙해지면 된다. 지금은 매년 30킬로그램을 절이는 나도 절반 정도는 차조기를 넣지 않고 만들었다우메보시 가운데 붉은 것은 숙성 과정 도중 소금에 절인 차조기를 넣어 색깔을 낸다. 차조기 처리가 없으면 우메보시 만들기는 식은 죽 먹기다. 그렇다 해도 올해는 차조기를 늘리기로 했다. 물론 도시락의 은인, 유카리탄을 만들기 위해차조기 후리카케는 보통 우메보시에 넣었던 차조기의 수분을 제거하고 갈아서 만든다.

토스트

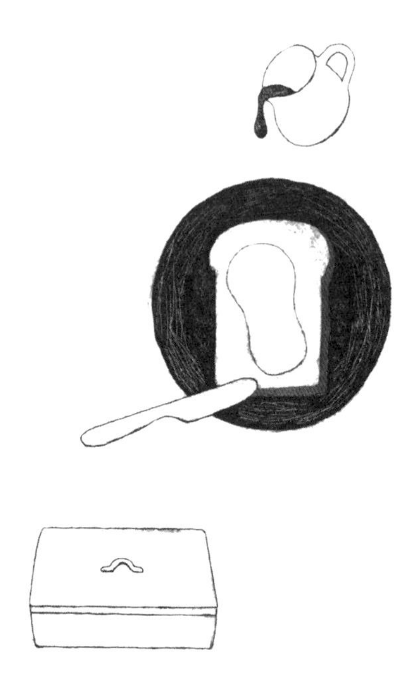

"오늘은 회가 먹고 싶어"라고 누군가 요청했다 치자.

"에이, 오늘은 햄버그가 좋아"라며 반대 의견이 나왔다고 하자.

가족의 요청을 어떻게 받아들일 것인가. 우리 집의 경우 선착순일 때도 있고 다수결로 정할 때도 있고 단순히 만드는 사람 마음대로 할 때도 있다. 회도 햄버그도 다 낸다는 선택지는 우리 집에는 없다.

집은 식당이 아니다. 한정된 조건 속에서 최선의 메뉴를 만드는 것이 솜씨를 보여줄 대목이다. 돈을 들이면, 그리고 시간도 들이면 분명 더 맛있는 것을 식탁에 차릴 수 있겠지. 그래도 매일 저녁 식사 준비에 들이는 시간은 한 시간으로 정해뒀다. 돈도 한 주에 쓰는 대략적인 금액을 정해뒀다. 한정된 시간과 돈을 최대한으로 활용하고 싶다.

이를테면 절반의 시간, 절반의 예산으로 저녁 식사 준비를 끝마치는 일도 가능할지 모른다. 단, 요리의 질을 유지하려면 열과 성을 다해 만들어야겠지. 혹은 계획적으로 미리 손질해 둔 식재료를 효율적으로 사용해서 만들어야 할 것이다. 그만큼 장벽이 높아진다. 매일 콧노래를 흥얼거리며 저녁 식사를 만들 수 있도록 경계선 같은 것이 점점 파악되었다.

자, 그럼 요청에 어디까지 응할 것인가라는 문제로 되돌아가자. 늘 완벽하게 요청에 응하는 메뉴가 딱 하나 있다. 바로 토스트다.

시작은 남편과 나의 취향 차이였다. 남편은 토스트를 구운 다음 버터를 발라 먹는 것을 좋아하고, 나는 빵에 버터를 바른 뒤 오븐 토스터로 굽는 것을 좋아한다. 사소한 차이지만 서로 양보할 수 없었다. 그러는 사이 아이들에게도 취향이 생겼다. 아이들은 버터와 꿀을 바른 토스트를 좋아하는데, 바른 다음 구우면 꿀이 포슬포슬해져서 맛있다고 주장하는 아이와 버터가 녹은 따끈따끈한 토스트에 상온의 꿀을 뿌리는 것이 좋다는 아이가 있다. 집에서 조금 떨어진 곳에 있는, 식빵이 말도 안 되게 맛있는 빵집에서 식빵을 산 날은 굽지 않은 채 버터와 꿀을 발라 먹는 것을 좋아하는 아이도 있다. 저마다 가장 맛있다고 믿는 조리법을 나한테도 추천해줘서 한번 먹어봤더니 정말로 각각의 맛이 다르고 하나하나 맛있었다.

그래서 토스트를 먹는 날 아침은 눈코 뜰 새 없이 바쁘다.

"버터, 구워서, 꿀"이라는 주문은 이 순서대로 버터를 바른 뒤 식빵을 굽고 꿀을 뿌려달라는 뜻이고, "구워서, 버터, 잼"이라면 식빵을 구운 뒤에 버터를 바르고 잼을 올려달라는 뜻이다. 하나하나 들어보면 특별할 것 없는 주문도 겹치면 큰 일이다. 일일이 기억하지 못해서 메모를 하기도 한다.

요즘 한 아이는 얇은 식빵을 바삭하게 구워서 베어 먹고 싶어하고, 다른 아이는 두꺼운 식빵을 폭신한 결대로 찢어 먹고 싶어해서 두께가 다른 두 종류의 식빵을 준비해두게 되었다. 더더욱 선택지가 늘어났다. 그래도 어째서인지 각자 하면 될 것을, 이라는 생각은 안 든다. 한 사람 한 사람의 요청에 응하면서 이 아침의 떠들썩한 한때가 얼마나 귀중하고 즐거운가 생각한다. 이 아이들도 "구워서, 버터, 꿀"이라고 말하지 않고 스스로 토스트를 준비하는 날이 오는 걸까. 아직 당분간은 누구도 둥지를 떠나지 않지만, 아이들의 미래를 상상하며 가슴이 뻐근해지기도 한다.

김

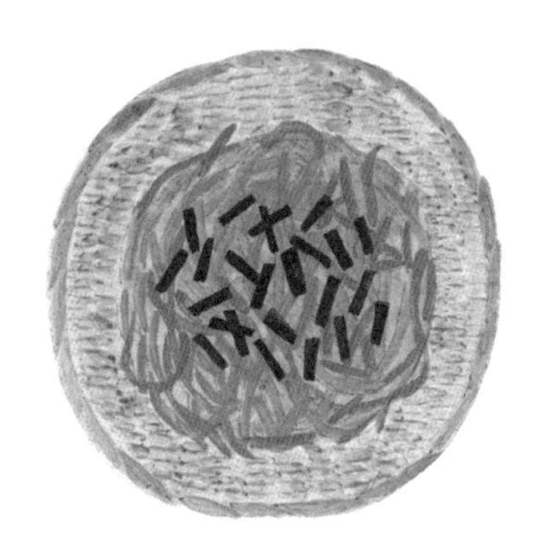

참기름을 바꿨다. 좀 비쌌지만 진짜 맛있다는 가게 사람의 말에 넘어갔다. 참기름의 차이는 잘 몰랐다. 향은 좋지만 늘 사는 참기름 중에서도 향이 좋은 것은 있다.

평소대로 볶음을 만드는 데 새 참기름을 써봤으나 식탁에 차린 뒤로는 이미 참기름을 잊고 있었다. 오늘 이거 맛있네, 가족들이 말해도 고개를 갸웃거렸을 정도다. 평소 조리법에서 아무것도 바꾸지 않았는데…… 생각하다 깨달았다. 고작 한 숟가락 넣는 참기름이 요리의 맛을 끌어올린 모양이다.

아아, 김과 똑같다. 우리 집 식탁을 지탱해주는 김.

나는 선물하는 데 별로 능숙하지 않다. 근사한 선물을 휘리릭 보낼 수 있는 사람을 존경한다. 선물을 잘 하는 사람은 배려심은 물론이고 센스, 부지런함, 상대에 대한 감사의 마음을 잊지 않는 것 등 여러 가지 미덕을 갖춘 느낌이다.

늘 같은 물건을 보내주는 친구가 있다. 그녀는 담백한 성품으로 굳이 말하자면 섬세한 분위기는 아니다. 화장기도 없고, 가끔 만나면 큰 입을 벌리고 웃는 모습이 시원시원하다. 그녀가 보내주는 것은 김이다. 딱히 색다를 것도 없는 네모난 구운 김이다. 예를 들면 쾌차 축하나 오랜만에 만날 때의 선물로 김을 줬다. 처음에는 놀랐다. 아들의 유치원 입학 축하 선물로 김을 보내줘서 고맙긴 했지만 왜? 하고 생각했다.

지방에 따라서는 어떤 음식이 특별한 의미가 있는 경우가 있다. 이를테면 덴진코 헤이안 시대의 학자이자 정치가인 스가와라 미치자네의 기일에 열리는 축제 때는 구운 가자미. 이곳 후쿠이에서는 1월 25일에 학문의 신인 스가와라 미치자네 공公을 기리며 구운 가자미를 먹는다. 미치자네 공이 좋아하는 음식이었다고 한다. 그래서 선물을 보내준 친구가 사는 지방에서는 김에도 내력이 있어서 먹으면 영리해진다든가 튼튼하게 자란다든가 하는 고마운 음식으로 인식되어 있을지도 모른다고 생각했다.

감사 인사를 하려고 전화를 걸었을 때 왜 김인지 물어봤다.

"맛있으니까."

그렇구나, 맛있어서구나. 담백한 그 대답에 조금 웃으며,

그래도 나는 여전히 얕잡아보고 있었다. 마음 한구석에서는 기껏해야 김이라고 생각했다. 그 생각을 뒤엎은 것은 아들의 말이었다.

"도디락, 진짜 맛있었어!"

아직 도시락을 도디락이라고밖에 발음하지 못할 정도로 어렸던 아들의 한마디. 평소보다 열심히 도시락을 만든 기억은 없었다. 평소와 다른 반찬을 넣은 기억도 없었다. 무엇 덕에 아들이 기뻐했는지 생각하고 또 생각하다 평소와 달랐던 것을 겨우 찾아냈다. 밥에 올린 김이었다.

그로부터 몇 년이나 지났지만 지금도 그녀는 김을 보내준다. 내력 따위는 이제 아무래도 상관없다. 그보다 맛있을 것. 확실히 그쪽이 고맙다. 소바나 소면에도 이 김을 잘게 잘라서 뿌리면 깜짝 놀란다. 이 소바, 이렇게 맛있었던가, 하고 놀란 뒤에야 생각이 난다. 역시 김 덕분이다.

'맛있으니까'는 위대하다. 앞으로도 계속 보내주면 고맙겠다. 그녀는 책도 잡지도 안 읽으니 분명 이 글도 안 보겠지만.

오늘 밥은 평소대로

친정 부모님 두 분이서 외출했다. 평일 오후, 나들이 코스랄 것까지도 없는 언덕 위의 공원에 가서 두 분이 걸었던 모양이다. 고작 그뿐인데 돌아온 어머니는 "하늘이 예뻤어"라고 들뜬 목소리로 말했다.

"이제껏 본 적이 없을 만큼 파랗더라."

70년도 넘게 살았으면서 본 적이 없을 정도라니, 대단한 일 아닌가. 깜짝 놀라 되물었다.

"그렇게 파랬어?"

어머니는 기쁜 기색으로 고개를 끄덕였다.

"근사한 파랑이었지. 정말 예뻤어."

아아, 어떤 하늘이었을까. 그때쯤 나도 언덕에서 그리 멀지 않은 집 근처에서 평소대로 시간을 보내고 있었다. 생선을 사러 갔고 개와 산책도 했다. 하늘도 분명 봤을 것이다. 본 적도 없을 만큼 파란 하늘은 아니었다.

파란 하늘이라 하면 도카치의 겨울이다. 홋카이도의 산속에서 하늘의 푸르름과 경치의 아름다움에 넋을 잃으며 살았던 적이 있다. 매일의 풍경이 너무도 아름다워서 오히려 불안해졌다. 언젠가 질리지 않을까. 이 아름다운 경치에도 마음이 움직이지 않게 될 날이 오는 건 아닐까.

오래 산 사람에게 물어봤다.

"아침에 일어나서 창문을 열 때마다 매일매일 예쁘다고 생각해."

그 사람은 명쾌하게 대답해줬다. 아무리 예쁜 경치도 일상이 되면 익숙해져버리지 않을까 멋대로 걱정했던 내 생각이 얕았다.

몇 년을 살아도 매일 올려다보는 하늘의 푸르름에, 오늘 하늘은 이제까지 본 것 가운데 가장 푸를지도 모른다고 생각한다. 그것은 매일 눈이 번쩍 뜨일 정도로 신선한 놀라움이겠지. 그런 게 의외로 살아가는 데 있어서 소소한 희망 같은 것이 될 수 있지 않을까.

매일 하늘만 보고 살아갈 수 있을 리 없다. 그래도 문득 올려다본 하늘이 푸르다면, 그것도 어쩌면 이제까지 본 것 가운데 가장 푸를지도 모른다면 분명 가슴 설레지 않을까 생각한다. 아니, 가장 푸르지 않아도 좋다. 긴 인생 속에서 본 푸른 하늘 가운데 몇백 번째라도, 몇천 번째라도, 진심으로 예쁘다는 생각이 들면 된다.

저녁때 평소와 마찬가지로 쌀을 씻고 평소와 마찬가지로 육수를 낸다. 채소를 씻고 생선에 소금을 뿌린다. 미역을 불리고 무를 간다. 평소와 다름없는 식재료, 평소와 같은 순서. 우리 집 저녁 식사를 위해 특별한 일은 하지 않는다. 가끔은 솜씨를 발휘하는 날도 있지만, 대부분은 지나치게 의욕을 부리지 않는 평상복 같은 메뉴다.

그래도 어느 날 하늘을 올려다보고 푸르름을 알아차릴 때가 있다면 좋겠다. 오늘 밥은 맛있네, 라고 느껴진다면 좋겠다. 가족이 그렇게 생각해준다면 더욱 좋겠다. 설령 그것이 '지금까지 가운데 가장'은커녕 '평소대로'라 해도, '아, 맛있어!'라고 생각해준다면 얼마나 기쁠까.

어쩌면 맛있다는 감상에 관해서라면 '가장'이 아니라 '평소대로'가 더 기쁠지도 모르겠다.

와인 향기

열세 살 때 〈와인 향기〉라는 노래에 푹 빠져 있었다. 오프코스OFF COURSE, 1970~ 1989년 활동한 일본의 음악 그룹의 앨범을 거슬러 올라가며 듣던 중 이 노래를 만났다. 처음 들었을 때, 이제껏 들어온 노래와는 모든 것이 다른 느낌이 들었다. 이 노래를 들으면 온몸의 세포가 모조리 새로 다시 태어나는 기분조차 들었다. 가사가 좋은 건지, 멜로디가 좋은 건지, 목소리가 좋은 건지, 아마 그 모두였겠지만 이렇게 가슴을 파고드는 노래는 들은 적이 없었다.

실제로는 후쿠이에 사는 평범한 중학교 1학년이었던 나는 와인 향기는 물론 이 노래가 읊는 조용한 사랑도, 슬픔도, 애달픔도, 아무것도 몰랐다. 그런데도 전부 아는 듯한 기분을 맛봤던 것이다.

와인을 동경하게 되었다. 언젠가 멋진 여성으로 성장하면 고개를 살짝 숙이고 레드와인이 든 잔을 기울이는 내 모습을 마음에 그려봤다.

하지만 어른이 되어 마셔본 와인은 하나도 맛있지 않았다. 나이로는 어른이라도 아마 아직 어른이 아닌가 보다 생각했다. 언제쯤이면 와인이 어울리는 어른이 될 수 있을까, 길은 멀고도 험했다.

교토로 이사했을 때 우연찮게 집 바로 근처에서 와인 가게를 발견했다. 아주 근사해 보이는 가게였다. 당시 아이들이 0살, 세 살, 다섯 살. 느긋하게 와인을 마실 여유는 시간적으로도 경제적으로도 없었다. 애초에 어떤 와인을 어떤 식으로 마시면 좋을지도 몰라서, 남편이 아이들을 봐주는 휴일에 시간을 잠깐 이용해서 가게로 뛰어들었다. 어떤 요리를 좋아하는지, 어떤 때 누구와 마시고 싶은지, 술은 센지 약한지, 예산은 어느 정도인지, 몇 가지 질문에 대답하고 몇 병을 추천받았다.

점원은 내가 타고 온 자전거 앞바구니에 와인 병을 집어넣는 모습을 보고 눈살을 찌푸렸다. 깨지지 않도록 조심해서 달릴게요, 했더니 혹시 집에 자전거를 끌고 가시면 안 될까요, 한다. 아이들이 기다리고 있다. 한시라도 빨리 가야 하는데! 나중에 생각해보니 와인 셀러에 소중히 눕혀두었던 가게의 와인 병들이, 아무리 돈을 받고 팔았다 해도 자전거 앞바구니에서 쨍강쨍강 부딪힌다면 몹시 속상할 것 같았다. 그때는 면목 없었다. 와인은 섬세해서 빛과 온도와 습도, 게다가 진동에도 약하다는 것을 나는 몰랐다.

그런 식으로 조금씩 조금씩 와인을 마셔보며 좋아하는 것을 찾아나갔다. 그 무렵 아기였던 막내가 지금 딱 열세 살이니 나의 와인 이력도 13년 정도는 될 것이다. 그런데도 전혀, 전혀 진보하지 않았다. 내가 스스로 생각했던 것보다 더 술에 약했기 때문이다.

〈와인 향기〉에 등장하는 여성은 피아노를 치면서 멜로디를 만든다. 나는 멜로디는 못 만드니 문장을 쓴다. 하지만 그것도 와인을 마시면 끝이다. 대체로 세 모금쯤 마신 시점에서 사고가 멈춘다. 흥에 겨워 한 잔 가득 마시면 식탁에 푹 엎드려서 잠들고 말 것이다. 내 체질이 참으로 원망스럽다. 남편도 꽤 약해서 와인 병을 따면 대부분 둘이서 식탁에 엎드려 잔다. 아아, 나는 와인이 어울리는 사람이 되고 싶었다.

푸딩을 만들자

"당신이 만드는 푸딩은 맛있었지."

남편은 틈만 나면 말한다.

"어머, 고마워."

또 만들어줘, 라는 말을 듣기 전에 적당히 얼버무린다.

맛있었지, 라는 과거형인 이유는 벌써 꽤 오랫동안 푸딩을 만들지 않았기 때문이다.

푸딩쯤이야 언제든 생각날 때 만들면 되는데. 그런 마음이야 있지만 얼마 동안 만들지 않으면 레시피를 까먹는다.

원래 레시피는 어느 책에 실려 있었더라. 분명 쓰여 있던 것보다 오래 굽는 편인 내 취향대로 탱글탱글하게 완성되었다. 5분? 10분? 설탕은 살짝 적게 넣는 편이 입맛에 맞았다. 10그램? 20그램? 책에 메모를 써넣기도 했고 공책에 레시피를 옮겨 적기도 했다. 혹은 이렇게 마음에 들어서 몇 번이나 만들고 있으니 까먹을 리 없다며 방심하고는 어디에도 레시피를 남기지 않을 때도 있었다. 지금 와서는 확고한 레시피가 내 주위에 없다.

요리책을 몹시 좋아하는 나는 설령 앞으로 한 권도 더 사지 않는다 해도 책장 속 책에 실려 있는 요리를 전부 만들어보기란 불가능하다. 그만큼 갖고 있다. 그래도 책방에 가면 아무래도 요리책 코너로 발길이 향하고 마니 욕심쟁이인가 보다. 앞으로 새 옷을 한 벌도 안 산다 해도 모든 옷을 입어보기가 불가능할 정도로 옷을 많이 가지고 있는 사람보다 훨씬 호사스러운 기분이 든다. 호사와 도락과 욕심은 무척 닮았다.

어쨌거나 이 호사인지 도락인지 욕심인지 탓에 마음에 드는 레시피가 무슨 책의 어디에 실려 있었는지 모르게 되었다.

말캉말캉한 푸딩보다 탱탱한 푸딩이 좋다. 캐러멜은 쌉쌀한 편이 좋다. 너무 두꺼운 것보다 스푼으로 뜨면 스푼 끝이 접시에 닿아서 챙챙 소리가 나는 정도가 좋다. 딱 내가 좋아하는 두께로 만들려면 스펀지케이크를 구울 때 쓰는 지름 18센티미터짜리 원형 틀로 만들면 되었던가, 아니면 16센티미터짜리 틀이었던가. 달걀 사이즈는 어떤 것이 좋았더라.

사소하다면 너무도 사소한 취향이다. 그 취향대로 만들 수 있는 레시피의 행방을 모르겠다. 그렇게 좋아했는데도 안 만들게 된 이유는 우리가 좋아하는 이 푸딩을 아들이 한 입 먹어보고는 "써!"라며 거부했기 때문이다. 쓴 것은 캐러멜이다. 많이 태우지 말고 냄비의 그래뉴당이 옅은 갈색을 띨 때쯤 불을 끈다. 그러면 아들도 좋아하는 푸딩이 될 터다. 그렇게 생각했는데 잘되지 않았다. 캐러멜이 쓰지 않으면 푸딩의 순수한 단맛이 두드러지지 않는다. 역시 그 푸딩에는 그 캐러멜밖에 없다.

아들도 컸다. 분명 이제는 태운 캐러멜의 쌉쌀함도 즐길 수 있을 정도로 성장했을 것이다. 지금이야말로 그 맛있었던 푸딩을 부활시키고 싶다.

그래, 푸딩을 만들자. 그런 생각이 들 때 곧바로 만들 수 있도록 하자. 야망이 생겼다. 부엌 주변을 정리하자. 우선은 치우기와 책장 정리다. 수납도 다시 살펴보자. 안 쓰는 식기는 처분해서 수납이 한눈에 보이도록 신경 쓰자. 푸딩을 만들고 싶어지면 잽싸게 요리에 들어갈 수 있도록. 어딘가에서 또 그 요리책이나 레시피 공책이 나오기를 바라며.

만두와 전갱이튀김

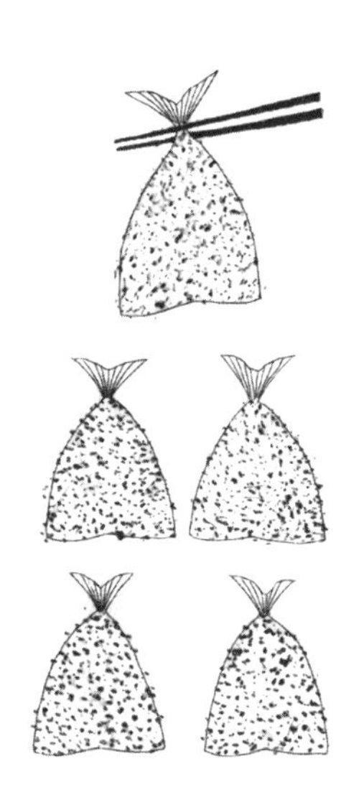

저녁 반찬으로 만두를 굽는 데는 켕기는 구석이 있다.

'가족들이 모두 모이는 저녁 식사인데 만두?'라는 기분은, 그나저나 어디서 오는 것일까.

생각하다가 문득 떠올랐다. 나한테는 일단 만두가 라멘과 함께 먹는 음식이라는 인식이 박혀 있다. 만두를 반찬 삼아 밥을 먹는 습관이 없었다. 두 번째로 만두는 만들 때는 대량으로 빚기 때문에 다른 반찬을 할 짬이 없어서 밥과 국에 만두만 차린 메뉴가 되기 십상이다.

만두를 이렇게 많이, 열심히 만들어봤습니다 하며 가슴을 펴고 척 내놓으면 될지도 모른다. 만들 수 있을 만큼 만들고 나머지는 가족이 다 함께 핫플레이트로 구우면서 먹는 것을 하나의 이벤트로 삼는다는 친구도 있다.

"만두는 시간과 품을 들여서 만드는 훌륭한 음식인데 켕긴다니 이상해."

이렇게 친구가 말해줘서 깨달았다. 그녀에게는 만두가 진수성찬인 것이다. 그러고 보니 들은 적이 있다. 이 친구는 만두소 재료는 물론 피까지 직접 만든다고. 만두피란 특별할 것도 없는데 의외로 만들기 어렵다. 얇고 작고 둥글게 펴는 것만 해도 나한테는 난이도가 높은 축인데, 얇게 펴면 잘 말라붙어서 다루기도 힘들다. 소를 쌀 때는 딱 알맞게 늘어나야 하고, 끝에 주름을 만든 뒤에는 예쁘게 붙어 있어야 한다.

밀가루를 반죽하고 뭉치고 펴는 작업은 즐겁다면 즐겁다. 하지만 매번 만두를 만들 때마다 그 작업을 할 수 있을지 없을지는 또 다른 문제다. 만두에 대한 애착의 깊이에 따라서도 달라지겠지. 내 경우에 한해 말하자면 만두는 라멘과 함께 먹는 음식이니 피는 시판용으로 충분하다. 그런 것에 품을 들이는 정도도, 만두가 저녁 식사 반찬으로 어울리느냐 마느냐에 대한 대답에 따라 달라지는 듯하다.

자, 여기서 우리 집의 오늘 저녁 반찬은 전갱이튀김이다. 전갱이튀김은 저녁 식사의 메인 반찬이 되기에 충분한가?

예전에 부모님과 함께 살던 시절에는 아버지가 종종 낚시

하러 가서 전갱이를 잔뜩 낚아왔다. 아이스박스에서 튀어나올 듯이 펄떡이는 전갱이를 보면 탄성이 터졌다. 그것을 손질해서 일부는 회로, 나머지는 튀김으로 만든다. 연신 튀겨서 연신 먹는다. 그 잔치 같은 느낌은 즐거웠다. 전갱이튀김을 하는 날 달리 어떤 반찬이 있었는지 이제는 기억나지 않는다. 그저 갓 낚아서 갓 튀긴 전갱이를 가족끼리 와구와구 먹었던 즐거움만 남아 있다. 그건 정말 맛있었다. 전갱이튀김이 너무 좋았다.

지금은 가족 중 누구도 낚시를 하지 않는다. 전갱이튀김은 생선가게에서 산 전갱이에 튀김옷을 입혀서 튀긴다. 냉동 전갱이튀김으로 할 때도 있다. 그 대신 전갱이튀김 하나만으로 저녁밥을 먹는 경우는 없다. 그 외에 반찬도 몇 가지 만들고, 전갱이튀김에 뿌리는 소스 역시 우스터 소스 말고도 무를 갈아서 곁들인 간장과 폰즈감귤류의 과즙에 초산을 더한 조미료. 여기에 간장을 섞은 폰즈 간장도 대개 '폰즈'라고 부른다, 맛있는 머스터드와 살사 소스를 함께 낼 때도 있다. 음, 전갱이튀김으로 저녁밥, 충분히 가능하다. 물론 아버지가 갓 낚아온 전갱이를 튀기는 족족 먹었던 그 저녁 식사에는 도저히 당해내지 못한다 해도.

걱정 끼친 도시락

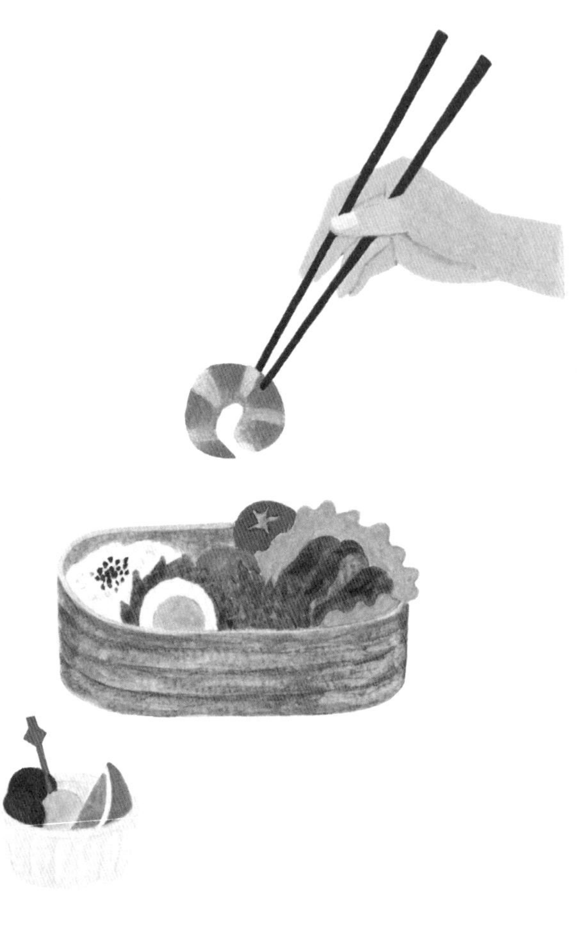

아들이 다니는 고등학교 학부모회에서 홍보지 원고 의뢰를 받았다. 테마는 점심. 큰아들 때도 썼는데 이때의 주제는 '도서관에 대해서'였다. 작가라는 직업상 책에 관한 글 청탁은 매우 자연스러울 터다. 하지만 이번에는 고등학교의 점심. 즉 도시락이었다.

원고와 함께 내용에 어울리는 사진도 부탁한다는 말을 듣고 망설였다. 즐거워 보이는 고등학교 점심시간의 사진을 찍을 수 있다면 좋겠지만, 그런 기회는 없을뿐더러 스마트폰이 금지된 학교여서 아들에게 부탁도 못한다. 이렇게 되면 내가 만든 도시락 말고 무엇을 찍으면 좋겠는가. 아아, 도시락 사진 같은 건 무리다. 나는 대체로 잠이 덜 깬 눈으로 도시락을 만든다. 공개할 만한 것이 아니다. 수락을 망설였더니 편집장이 온화하게 입을 열었다.

"늘 〈에쎄〉에서 미야시타 씨의 에세이를 재밌게 읽고 있어요."

〈에쎄〉를 읽어주다니. 갑자기 기뻐진다.

"형이 진학해서 집을 나갔을 때의 이야기, 굉장히 좋았어요."

올봄 이야기다. 「자반연어 주문」이라는 제목으로 쓴 글이었다. 용케 읽어주셨다.

나는 지역 신문사가 내는 무료 책자에도 에세이를 연재하고 있어서 동네에서는 늘 그 글을 읽고 있다는 말을 들을 때가 많다. 물론 그것도 고맙지만 일부러 돈을 내고 우리의 사랑스러운 〈에쎄〉를 읽어준다는 소리를 들으면 역시 기쁘다. 그러면 쓰는 수밖에 없겠네, 생각했다.

행차 뒤에 나팔 부는 격이다. 고등학교에서 이야기를 마치고 집으로 돌아와 냉정하게 생각해보고 아연실색했다. 우쭐해서 수락한 건 좋았지만, 원고는 그렇다 쳐도 곁들일 사진이 없다.

고민하는 사이에 마감이 다가왔다. 어쩌지, 아들에게 상담했더니 솜씨를 발휘해서 열심히 도시락을 만들고 사진 찍으면 되잖아, 란다. 확실히 이제는 그 방법밖에 없을지도. 그래서 전날 밤부터 반찬을 몇 가지나 만들었고, 다음 날 아침 최대한 예쁘게 도시락 통에 담아서 촬영했다. 그런데도 전혀 맛있어 보이지 않았다. 애초에 남자 고등학생이 난폭하게 자전거를 달려서 등교해도 절대로 국물이 새지 않도록 설계된 도시락 통은 사진발을 전혀 받지 않는다. 식욕이 한창 왕성한 운동부원을 위해 밥을 꾹꾹 눌러 담은 것도 마뜩잖다. SNS에 늘 군침 도는 도시락 사진을 올리는 친구가 있는데, 그것이 얼마나 시간과 정성이 드는 일이었는지 이제 와서 깨달았다.

차라리 그 친구에게 사진을 빌릴까도 생각했지만 그만뒀다. 새 도시락 통을 사 와서 도시락을 다시 만든다. 밥은 포슬포슬하게 담고 반찬은 잎채소에 싸서 배색이 선명하게. 평소에는 필요 없다는 과일도 따로 곁들여서, 창가에 도시락 통을 두고 아침 자연광으로 찍었다. 그리고 촬영 뒤 평소대로 가방에 넣어 아들에게 건넸다.

아들은 학교에서 돌아오자마자 나를 걱정했다.

"엄마, 괜찮아? 그 도시락, 무슨 일이 있었어?"

괜찮으냐고 심각한 표정으로 물었던 도시락 사진이 이제 곧 고등학교 홍보지에 실린다.

부자의 샐러드

도쿄에서 표를 잃어버렸다.

후쿠이로 돌아오는 신칸센과 특급열차 차표다. 승차 시각이 다가오고 있었다. 마음이 조급해져서 필사적으로 찾았지만 보이지 않았다. 봉투에 넣은 채 어딘가에서 봉투째 떨어트린 모양이다. 어쩔 수 없이 다시 한번 같은 표를 사서 예정했던 전차를 탔다. 돈으로 해결할 수 있는 일이라서 다행이라고 생각했다(생각하려고 했다). 일단은 내 돈으로 한 번 더 표를 살 수는 있었다. 그건 행복한 일이지 않은가. 그렇게 스스로를 납득시키려 했지만 잘 되지 않았다. 아무리 해도 잃어버린

표가 떠올라 침울해졌다.

한편 집에서 만드는 요리는 내 경우 대체로 변덕이나 즉흥적인 생각에 따른다. 주말에 한꺼번에 만들어두거나 계획을 세워서 식재료를 산 적은 별로 없다. 지역의 채소와 과일을 파는 가게, 생협, 동네 슈퍼마켓, 그리고 미쿠니항港에서 소형 트럭으로 오는 생선 장수. 매일의 식재료는 그런 곳에서 되는 대로 마련한다. 그걸로 어떻게든 꾸려나가지는 이유는 가게의 물건이 알찬 덕분이다.

부엌일을 보다 합리적으로 해나갈 수 없을까. 가끔은 그렇게 생각한다. 우리 집에서 만드는 요리도 한번 제대로 정리해두고 싶다고는 생각하지만 늘 흐지부지된다. 그래서 어떤 레퍼토리가 있고 그것을 어떤 로테이션으로 돌리면 될지를 제대로 파악하지 못하고 있다. 한동안 만들지 않았다고 생각했던 메뉴인데 의외로 최근에 먹었다고 아이들에게 지적당할 때도 있다. 반대로 제철이 되어서야 비로소 지난해 이 계절부터 만들지 않았다는 사실을 알아차리는 것도 있다.

무와 가리비 샐러드를 오랜만에 만들었다. 무는 분명 겨울 채소지만 요즘 세상에는 1년 내내 있다. 심지어 가리비 관자는 캔이다. 한때는 우리 집 단골 메뉴이기도 했는데 왜 이렇게 오랫동안 만들지 않았는가 하면, 그저 단순히 식탁에 출연시킬 차례를 까 먹어서인 것 같다.

무는 채 썬다. 소금을 뿌려서 잠시 재워둔다. 캔에 든 가리비 관자를 국물째 넣는다. 마요네즈로 버무리고 간장을 더해서 간을 맞춘다. 완성. 이것뿐인 참으로 간단한 샐러드지만 아이들도 몹시 좋아했다.

그런데 오랜만에 만들었더니 간이 안 맞는다. 소금을 좀 더 넣어보고, 마요네즈도 더 뿌려보고, 뭘까, 뭐가 부족한 걸까 생각하던 참에 깨달았다. 맞다, 가리비다. 무의 양이 좀 많았던 것이다. 캔을 하나 더 넣자.

그렇게 완성한 샐러드는 감칠맛이 있어서 아주 맛있어졌다. 한 입 먹어보고 감탄했다. 나는 가리비 캔을 두 개나 쓸 수 있게 된 것인가. 가리비 캔은 찌그러진 것이라도 비싸다. 이쪽 생협에서는 세 캔에 880엔쯤 했던 것 같다. 그것을 두 캔. 부자다. 샐러드도 돈으로 해결해버렸다.

올겨울은 양상추도 비싸다. 토마토와 얇게 썬 양파, 브로콜리, 바삭바삭하게 튀긴 베이컨. 그린샐러드도 새삼 계산해보면 비쌀지도 모른다. 하지만 캔 두 개를 넣은 무와 가리비 샐러드야말로 부자의 샐러드라고 생각했다. 잃어버린 표로 가리비 캔을 몇 개나 살 수 있었을지는 생각하지 않기로 했다.

추억의 음식

당신의 이름

처음으로 함께 일하는 편집자와 사전 미팅을 하기 위해 찻집에 들어갔다. 조금 긴장했다. 혼자서라면 아마도 안 들어갈 듯한 고풍스러운 가게였다. 조명은 어스레하고 테이블이나 의자에도 세월의 흔적이 묻어 있다. 미팅이 목적이므로 음악이 소란하거나 자리끼리 너무 가까우면 곤란하다. 예스러우면서도 어딘가 침착한 분위기가 좋았다.

어서 오세요, 하며 맞이해준 사람은 예쁜 주인이었다. 우리는 그녀에게 가볍게 고개를 숙이고 안쪽 자리에 앉았다. 황갈색 메뉴판을 펼치고 재빨리 훑어본다. 곰곰이 보지 않는 이유는 일로 만났기 때문이다. 음식에 정신이 팔리는 작가로 보이기 싫다는 허세도 있었다.

뜨거운 홍차가 있으면 그걸 마실까. 가벼운 마음으로 손 글씨를 읽다가 앗, 하고 놀랐다.

"당신의 이름."

소리 내어 읽었더니 맞은편 자리의 편집자가 얼굴을 들었다.

"어, 무슨 말씀이시죠?"

"이것 좀 보세요, '당신의 이름'이래요."

커피가 세 종류, 홍차는 다섯 종류. 그 아래로 케이크가 몇 가지 실려 있는 마지막 줄. 당신의 이름, 이라고 쓰여 있다.

"뭘까요, 이거. 음료 이름일까요?"

그렇게 말하자 기억 한구석에서 어렴풋한 무언가가 서서히 떠오르는 것을 느꼈다.

"……아니, 음료가 아니라……."

뭐였더라. '당신의 이름'을 메뉴에 싣는 찻집. 맞다, 예전에 읽은 세련된 단편에 그런 일화가 있었다. 주인공이 매력적인 점원에게 이름을 묻는다. 그녀는 아마도 당신의 이름이라는 건 메뉴에 없어요, 라고 대답했던가.

"미야시타 선생님, 혹시 가타오카 요시오의 소설 아니에요?"

"맞아요, 맞아! 그리고 그, '당신의 이름'이라는 건……."

우리는 얼굴을 마주보며 고개를 끄덕였다.

"슈크림!"

띠동갑만큼 나이 차이가 나는 연하의 편집자가 기쁜 얼굴로 주문한다.

"에스프레소랑 당신의 이름 주세요."

첫 만남이라는 것 따위는 잊어버렸다. 단숨에 거리가 가까워져서 둘이서 생글거리며 당신의 이름을 기다렸다.

김 핫 샌드위치

할머니는 하이칼라였다.

이미 돌아가신 할아버지와 둘이서 당시로서는 드물게 미국 유학 경험이 있었다. 그 덕분은 아니겠지만 세련되고 기품 있었으나 다소 자존심이 세서 어딘가 다가가기 힘든 분위기를 풍겼고, 손주인 우리에게도 싱글벙글하며 표정을 푸는 면이 없었다.

우리는 할머니, 할아버지의 양옥집 바로 근처에 있는 '평범한' 문화주택서양식 생활양식을 도입하여 지은 일반인 대상의 주택으로 다이쇼 시대(1912~1926) 중기 이후에 유행했다에 살았다. 가끔 남동생과 놀러가기는 했지만 오래 머물렀던 기억은 없다. 예의 바르게 행동해야 했고 내주는 간식도 먹어본 적 없는 색다른 것뿐이었다. 오트밀이나 라이스푸딩을, 나와 남동생은 당황해서 눈알을 굴려가며 어떻게든 삼켰다.

언젠가 어머니가 당분간 집을 비우게 되었다. 도쿄의 친정에 일이 생긴 것이다. 그런데 공교롭게도 그주 일요일은 초등학교 운동회 날이었다.

도시락은 어쩌지.

아버지는 도시락 싸기는커녕 요리 자체를 한 적이 없는 사람이다. 당시는 도시락을 살 수 있는 가게도 없었다.

"내가 싸주마."

그렇게 자청한 사람은 할머니였다.

매우 고마웠지만 조금 불안하기도 했다.

"주먹밥으로, 아, 주먹밥이, 좋아요. 김 주먹밥이요."

용기와 지혜를 쥐어짜낸 듯한 남동생이 말했다. 주먹밥이라면 아무래도 '평범'하겠지. 하지만 할머니의 얼굴은 어두워진 듯한 느낌이었다.

"김이…… 좋은 게지?"

우리 오누이는 고개를 끄덕였다.

운동회 날, 두근두근하며 세련된 꾸러미를 풀었더니 나타난 것은 구운 김을 끼운 핫샌드위치였다. 태어나서 처음 보는 기묘한 음식을 우리는 묵묵히 먹었다.

그렇지만 나는 지금도 가끔 김을 넣은 핫샌드위치를 만든다. 버터와 간장의 고소함이 나를 그 가을 운동회로 다시 데려간다. 언제나 당당했던 할머니의 조금 불안해 보였던 얼굴이 떠올라서 잊을 수 없다.

물양갱

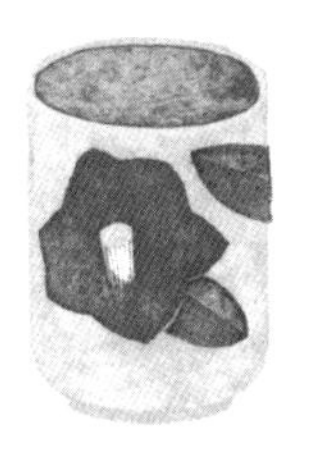

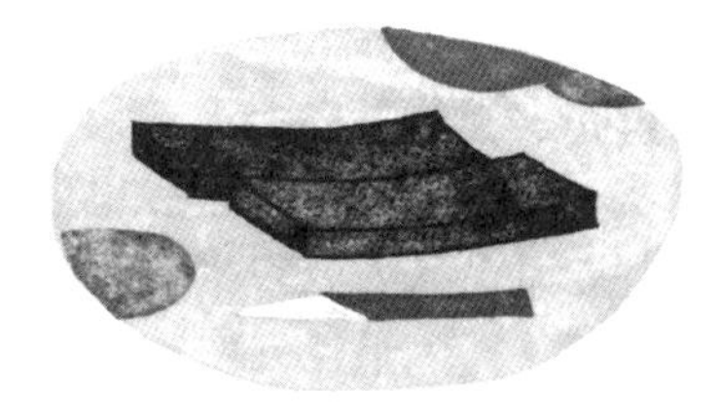

겨울에 물양갱을 먹다니, 남편은 말한다. 태어난 곳도 자란 곳도 도쿄인 그에게 물양갱은 둥근 캔에 들어 있으며 여름에 차갑게 해서 먹는 간식이다. 존재감으로는 젤리나 푸딩에게 뒤지고, 맛으로도 일반 양갱의 적수가 되지 않는 좀 처량한 단맛. 그런 지위였던 모양이다.

이곳 후쿠이에서는 다르다. 겨울이면 물양갱이 가정에 상비되어 있다. 눈 오는 날 밤 따뜻한 방에서 화목하게 먹는 것. 단란한 가족의 고타쓰밥상에 이불을 덮은 형태의 온열 기구로 상 아래에 전기 난로가 붙어 있다 위에 대부분 놓여 있는 것. 물양갱이 없으면 겨울이 시작되지 않는다고 해도 좋을 정도다.

네모나고 얄팍한 A4 용지 크기 정도의 종이상자에 판자 형태로 부어서 굳혀놓았다. 그것을 나무 주걱으로 자르고 떠서 입으로 가져간다. 옆으로 기울이면 뭉개져서 상자에서 새어 나온다. 탱글탱글하지만 탄력은 별로 없고 산뜻하다. 팥과 흑설탕이 소박하면서도 지나치게 달지 않아서 뒷맛이 개운하다.

도쿄에서 지내던 시절, 물양갱을 어디서도 팔지 않아서 당황했다. 분개했다고 말하는 편이 더 맞을지도 모른다. 그래서 고향에 간 김에 사 왔다. 겨울에 물양갱? 하며 웃는 사람에게도 맛보여주고 싶었다. 후쿠이의 친정에서 도쿄의 집까지, 특급열차와 신칸센과 게이힌 도호쿠선線과 도덴을 갈아타며 다섯 시간 남짓. 옆으로 기울어지지 않도록, 흔들리지 않도록 소중히 껴안고 돌아왔다.

"아, 이게 소문의 물양갱이로군."

흥미롭다는 듯 뚜껑을 연 사람은 표정이 살짝 어두워졌다.

"지금 발효된 거 아냐?"

"그럴 리 없잖아. 낫토가 아니니까."

나는 웃었다. 같이 들어 있던 나무 주걱으로 잘라서 작은 접시에 나눠 담는다. 어, 이상한데. 확실히 발효된 것처럼 보였다.

"잘 먹겠습니다~"

한입 가득 넣은 사람의 얼굴이 뚜렷하게 굳어졌다.

"후쿠이의 물양갱은 시큼하네."

허둥지둥 나도 먹어봤다. 시큼했다. 분명히 상해 있었다.

그렇게 쉽게 상할 줄은 몰랐다. 후쿠이의 친정집에서는 추운 툇마루에 꺼내두면 괜찮았는데. 겨울이 오면 지금도 그때의 일로 남편에게 놀림받는다.

공원의 뜨거운 와인

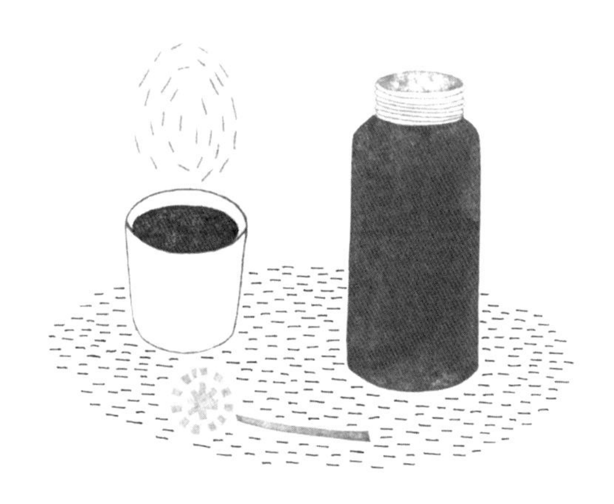

하루 대부분을 방 안에서 보냈던 적이 있다. 남편은 바빠서 집에 거의 못 왔고 나는 온종일 아기였던 아들과 낡은 맨션의 한 방에서 숨을 죽이고 있었다.

방에서 나오는 것은 아들을 공원에 데려갈 때뿐. 공원에 간다고 딱히 뭔가 즐거운 일이 있는 것은 아니다. 그저 공원에 데려가는 것이 좋은 어머니가 해야 할 일이자 아들에 대한 의무다, 그렇게 스스로를 타이르고 있었다.

아직 초봄인 날, 유모차에 담요를 몇 장이나 겹쳐서 늘 가던 공원으로 나섰다. 바람이 차가운 탓인지 공원에는 아무도 없었다. 안면 있는 어머니와 이야기를 나눌 수 있다면, 그것만으로 웬만큼 우울함이 가셨을 텐데.

모래터의 모래는 차가웠다. 얼어붙을 듯한 바람 속에서 아들은 끝없이 모래 장난을 했고, 아무리 재촉해도 집에 가려 하지 않았다. 얼마간 어울려 놀아줬지만 갑자기 허무해져서 나는 벤치로 물러났다.

어느 틈에 조금 떨어진 벤치에 양복 차림의 아저씨가 와 있었다. 업무 사이에 짬을 내어 쉬고 있는 듯한 모습으로, 느긋하게 물병에 든 차를 마시고 있다. 컵에서 김이 피어올라서 차를 무척 맛있게 마신다고 생각했다. 그래서 그만 그쪽을 쳐다봤다. 아저씨도 나를 봤다. 그러더니 "괜찮으시면 한잔하세요"라며 물통을 들어 올렸다.

"컵이 하나 더 있어요."

아저씨는 물통에 딸린 흰 컵에 차를 부어서 나에게 줬다. 향이 물씬 풍겼다.

"향 좋지요, 카다몬생강과에 속하는 여러해살이풀이에요."

나는 손안의 따끈한 음료를 봤다. 차가 아니다. 홍차보다 붉고 복잡한 향기가 났다. 눈 딱 감고 한 모금 마시자 어렴풋하게 단맛과 향신료 맛이 느껴졌고, 목구멍을 통과하자마자 몸이 확 뜨거워졌다.

"좀 쉬면 다시 기운이 날 거예요."

아저씨가 미소 지었다. 기운을 내고 싶구나, 생각한 뒤 깜짝 놀랐다. 기운을 내고 싶어서, 낼 수가 없어서, 공원 벤치에 무기력하게 앉아 있던 것은 나였다.

"알코올은 날아갔으니까 괜찮아요."

뜨거운 와인 한 잔의 온기에 눈물이 나서, 그제야 나는 내가 몹시 지쳐 있던 것을 알았다.

환상의 오므라이스

결혼 전에 시부모님과 만났을 때의 일이다.

결혼식을 어디서 올릴까 하는 이야기가 나왔다. 시어머니가 어느 식장의 이름을 말했다. 넓은 정원과 레스토랑으로도 유명한 식장이었다. 젊었던 나는 조금 난처했다. 그런 화려해 보이는 식장에서 식을 올리고 싶다고는 생각하지 않았기 때문이다. 시어머니는 "이애가 어릴 때 일이 생각나는구나"라며 내 남편이 될 사람을 손가락으로 가리켰다.

"아직 두 살쯤이었을까. 맑은 날 그 정원에서 점심을 먹은 적이 있는데, 이애한테는 오므라이스를 주문해줬단다."

시어머니는 기억을 떠올리며 미소 짓더니 평소 표정을 별로 얼굴에 드러내지 않는 당신의 아들을 쳐다봤다.

"이애도 참, 식탁에 나온 오므라이스를 보더니 와아 소리를 지르며 일어서서는 손뼉을 치면서 기뻐하더라니까. 아아, 그립네."

그 이야기를 듣자마자 하얀 셔츠에 반바지를 입은 두 살 정도의 귀여운 남자아이가 눈앞에 나타났다. 신록의 정원에서 샛노랗고 둥그스름하고 환상적으로 맛있어 보이는 오므라이스를 앞두고, 그애는 활짝 웃으며 두 손을 짝짝 부딪치고 있다.

얼마나 행복한 광경인가 생각했다. 나와 알게 된 무렵의 그는 이미 음식에 탄성을 지르는 일 없는 무뚝뚝한 어른이 되어 있었다.

결국 우리는 거기서 식을 올리지 않았다. 물론 오므라이스 탓은 아니다. 하지만 일부는 원인이었을 수도 있다. 나는 오므라이스에 이상한 적대심을 품고 말았다. 어린 그에게 "와아" 소리를 지르게 만든 오므라이스와 가족의 추억에는 당해낼 수도 없는데, 마음속 어딘가에서 경쟁하고 있다. 혹시라도 내가 만든 오므라이스를 남편이나 아이들이 담담하게 먹는다면 역시 쓸쓸한 기분이 들 것이다.

한편으로는 슬슬 시효 만료가 아닌가 생각하기도 한다. 폭신폭신 몽글몽글한 맛있는 오므라이스는 못 만들어도, 세월을 지나온 만큼 가족의 취향이라면 내가 더 잘 안다는 자부심도 있다.

맛없는 밥

미야시타 씨의 소설에 나오는 요리는 뭐든 맛있을 것 같아요, 라는 말을 듣는다. 일단 고맙습니다, 하고 대답하지만.

사실 뭐든 맛있을 것 같으면 안 될 터다. 맛있는 한 접시에 마음이 따스해지는 장면이라면 물론 바짝 집중해서 쓴다. 독자가 최대한 맛있게 상상하도록, 정말로 맛보고 있는 듯한 기분이 들도록.

하지만 소설에 등장하는 요리는 가지가지다. 주인공이 비탄에 잠겨 한 입 만에 젓가락을 놓는 장면도 있을 것이다. 일하다 짬을 내어 달려간 패스트푸드점에서 맨 먼저 눈에 띈 메뉴를 허겁지겁 먹는 장면도 있을 터다. 당연히 맛을 느낄 여유는 없다.

요컨대 맛있을 것 같은 요리만 나온다면 거짓말이다. 나는 먹는 것을 몹시 좋아해서 먹는 장면을 쓸 때면 상당히 의식을 한다. 분명 요리가 놓여 있을 식탁에 대한 묘사가 훌쩍 건너뛰어져 있다면, 그것은 요리보다 주인공을 더 신경 쓰이게 만드는 대상이 있었다는 뜻이다.

그렇다 해도 맛없을 것 같은 음식을 묘사한 적은 거의 없다. 아마도 딱 한 번, 주인공이 레스토랑에서 차이는 장면에서 맛없는 식사를 묘사한 적이 있을 뿐이다.

요즘은 "맛없어!"라고 외치고 싶어지는 음식을 좀처럼 만나지 못하게 되었다. 내가 어렸을 때는 너무도 맛없어서 아무리 애를 써도 먹을 수 없는 급식 메뉴가 몇 가지 있었지만, 아이들의 말에 따르면 요즘 급식은 꽤 맛있는 모양이다.

마지막으로 '이건 맛없어'라고 느꼈던 음식은 무엇일까. 친구의 집에서 먹은 카레일까. 설익은 채소가 울묵줄묵 들어 있었고 간이 엉망이었다. 아니, 감기 걸린 나에게 남편이 끓여 준 우동일까. 면은 푹 퍼졌고 국물은 매워서 아무리 노력해도 한 입밖에 먹을 수 없었다.

떠올리기만 해도 즐겁다. 얼마나 맛없었는지 이야기하고 싶어서 못 견디겠다. 기억에 남을 정도로 맛없는 식사란 실은 아주 귀중한 체험이 아닐까.

콩 라쿠간

할머니는 좀 특이한 사람이었다. 양옥집에 살았고 하이칼라였으며 다가가기 힘든 분위기를 풍겼다.

나와 남동생이 가끔 놀러 가면 보기 드문 간식과 홍차로 환대해줬다. 우리 집에서는 홍차가 아이의 음료로 허용되지 않았기 때문에 두근두근했다.

"누나, 이거 마셔도 돼?"

남동생이 조그만 목소리로 물으면 내심 망설이면서도 단호하게 말했다.

"당연히 괜찮지. 할머니가 주신 거니까."

하지만 홍차를 마신 것은 어머니에게는 비밀이었다.

처음으로 스콘을 먹은 곳도 할머니 집이다. 할머니가 '비스킷'이라기에 틀림없이 동물 모양의 딱딱한 구운 과자가 나올 거라고 생각했는데 완전히 달랐다. 두껍고 따끈했고 한 입 베어 물자마자 흐슬부슬 부서졌다. 신기한 음식이었다. 맛있었다. 기억 속에서는 지금의 스콘보다 훨씬 더 맛있었다.

할머니는 득의양양했을지도 모른다. 애초에 할머니는 손주들을 기쁘게 하는 것보다 놀라게 하는 데 중점을 두고 있었던 듯한 기분도 든다. 새로운 것, 희귀한 것을 몹시 좋아했다.

이윽고 우리는 성인이 되어 둘 다 본가를 떠났다. 친정에 갈 때 가장 고민했던 것은 할머니 선물이다. 매장에서 적당히 산 선물에는 형식적인 답례의 말밖에 해주지 않았다.

그때의 스콘을 뛰어넘을 만한 임팩트 있는 양과자를, 하며 우리는 각자 매번 고심했다. 그래도 할머니가 활짝 웃는 모습을 보는 일은 드물었다.

그런데 만년에 어지간히 쇠약해진 할머니가 좋아했던 것은 의외의 음식이었다. 고향의 화과자, 콩 라쿠간쌀 등으로 만든 전분질 가루에 물엿이나 설탕을 섞고 틀로 모양을 잡아서 건조시킨 일본의 과자. 비싸지도 않고 그 지방에서는 보기 드문 것도 아니다. 침대 곁에 간소한 콩 라쿠간 상자가 놓여 있는 것을 봤을 때, 뭐라 말할 수 없는 기분이 들었다.

올해도 이제 곧 할머니의 기일이 다가온다. 불단에는 옛날

그대로의 콩 라쿠간, 그리고 역시 할머니도 놀랄 만한 스콘을
찾아서 바치고 싶다.

초콜릿

젊었을 때, 밸런타인데이에 작심하고 좋아하던 사람에게 초콜릿을 보냈다. 보내는 것이 초콜릿뿐이라면 마음에 담아주지 않을 것 같아서 거듭 망설인 끝에 좀 고급스러운 가게에서 발견한 컵과 컵받침 세트도 곁들였다.

자세히 적어보겠다. 세트의 상자를 일단 열어서 약간 여유가 있었던 컵받침 자리에 맛있는 초콜릿을 채워 넣은 다음, 컵과 컵받침을 상자에 다시 넣고 뚜껑을 닫았다. 그 위로 예쁘게 포장해서 우편으로 보냈다. 당시 좋아했던 사람은 멀리 살았던 것이다.

반응은 딱히 좋지는 않았다. 커피 컵 고마워, 라는 전화를 받은 정도다. 아니야. 중요한 건 안에 들어 있던 초콜릿이야. 그렇게 생각했지만 너무 강하게 나가지는 못했다. 내가 일방적으로 마음을 두고 있던 상대였다.

화이트데이 때 답례는 없었다. 다시 말해 그렇게 됐다고 깨달아도 좋았을 텐데, 어쩌면 이벤트 같은 것을 별로 좋아하지 않을 수도 있다고 생각하기도 했다. 화이트데이의 존재 자체를 모를 수도 있어. 그렇게까지 스스로에게 유리하게 해석하면서 나는 화이트데이를 잊어버리기로 했다.

세월은 흘렀다. 우리 집에는 자식이 셋 있는데 위의 둘이 남자다. 둘 다 비교적 아무 생각이 없다. 이 아이들도 언젠가 화이트데이를 까먹어서 여자애를 외롭게 하지 않을까 걱정될 정도로 충분히 아무 생각이 없다. 이 세상에는 화이트데이라는 날이 있는데 말이야, 하며 알려주려 했더니 "그 이야기는 밸런타인데이 때 초콜릿을 받은 다음에 들을게"라며 가로막는다. 지당한 말씀이다.

남편의 방에 커다란 책장이 있다. 거기에는 평생 가도 다 못 읽지 않을까 싶을 정도로 책이 즐비하다. 빼곡하게 늘어서 있는 책 안쪽에도 또 책이 있고, 게다가 발밑에도 쌓여 있어서 청소할 방도조차 없는 소굴이 되었다. 남편은 평소에도 마음대로 뽑아서 읽어도 된다고 말하지만 딱히 내키지 않는다. 딱딱한 책이나 무거운 책이 많다.

어느 날 찾을 것이 생겨서 책장을 바라보다가 거기서 상자를 발견했다. 책 사이에 끼여서 갑갑해 보이는 상자. 딱히 특징 없는 상자인데도 기억 한구석에서 무언가가 걸렸다. 뭘까, 라기보다 뭐였더라, 하는 느낌이다. 나는 분명 이 상자를 알고 있다. 하지만 내용물이 뭔지는 잊어버렸다.

뚜껑을 열자 안에서 나온 것은 커피 컵이었다. 그때의 컵이다, 하고 떠올리기까지 잠시 시간이 걸렸다. 커플 컵으로 하고 싶었지만 용기가 없어서 한 사람 것만 보냈다. 화이트데이 때도 답신이 없었지, 하며 그립게 떠올렸다. 문득 봤더니 컵 아래쪽이 조금 불룩했다. 이상해서 손으로 만져보자 거기서 상자가 다시 열리며 컵받침을 수납하는 공간이 나왔다. 포장지가 예쁜 초콜릿이 그대로 있었다. 20년 전의 초콜릿이다. 그는 여기에 초콜릿이 있다는 사실을 눈치채지 못했던 것이다.

밸런타인데이 때 컵을 받는다면 컵받침이 딸려 있지 않은지 의심하라. 거기에 뭔가가 숨겨져 있지 않은지 살펴봐라. 20년 전 남편에게 말하고 싶지만 이미 늦었다. 언젠가는 아무 생각이 없는 아들들에게 전수해야겠지.

초하루

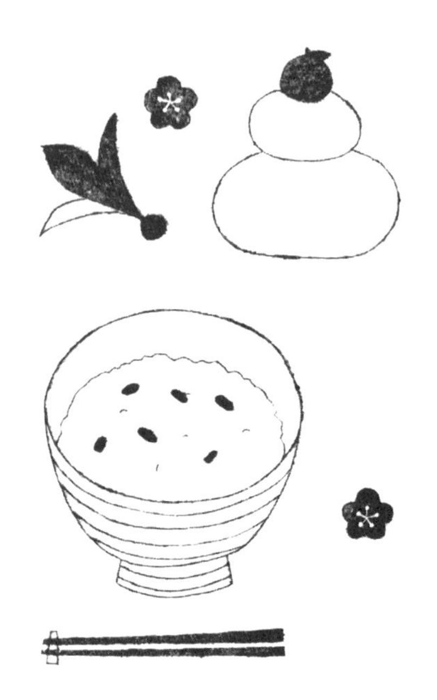

팥을 넣고 밥을 짓는다. 분홍빛으로 엷게 물든 밥. 그것을 어머니는 초하루마다 식탁에 차렸다. 초하루란 삭일朔日, 즉 매월 1일이다. 지방에 따라서는 상인 집안에서 중요하게 여겼던 풍습이라고 한다.

어머니의 친정이 상인 집안이었던 것도 아닌데 어째서 초하루에 팥밥을 지었을까. 어머니에게 확인해본 적은 없다. 어린애였던 나는 팥밥이 맛있다는 생각은 안 들어서 연지색 팥을 피해 연분홍색 밥만 먹었다. 그래도 어머니는 고지식하게 초하루에는 팥밥을 계속 지었고, 나는 그것에 내내 진절머리를 냈다. 어째서 그냥 1일이 경사스러운 것인지 몰랐다. 1일 따위는 매달 첫머리에 반드시 돌아오는데.

지금은 다르다. 해가 감에 따라 팥의 깊은 맛을 알게 되었다. 살포시 아린 맛이 나는 팥의 풍미도 좋다. 그리고 다른 무엇보다 초하루를 축하하는 마음을 알게 되었다. 반드시 오는 것은 아니라는 사실을 깨달았기 때문이다. 다음 초하룻날에는 어쩌면 다 함께 모이는 일이 없을지도 모른다.

자, 새로운 달이야. 한 달을 가족 모두가 무사히 보냈어. 조촐할 수도 있지만 확실한 기쁨. 초하루는 그 기쁨을 품고 있다.

이번 달도 건강히 일할 수 있기를, 하는 바람을 담아 팥밥을 짓는다고 한다. 팥이 별로 달갑지 않았던 기억 탓에 다양한 콩을 섞어서 밥을 지어본다. 청완두, 대두, 병아리콩. 스플릿 피split pea. 두 조각으로 쪼개서 말린 완두콩라면 물에 불리는 수고도 할 필요 없이 바로 섞어서 지을 수 있다.

문득 생일과 비슷하다는 생각이 들었다. 축하를 하는 날. 어릴 때는 성장한 것을 축하받을 수 있는 무조건 기쁜 날이라고 생각했다. 물론 지금도 그렇다. 40대도 중반으로 접어들었지만 그래도 역시 생일은 뭔가 기쁘다.

그 기분이 아이를 낳고 조금 달라졌다. 생일이란 태어나기만 한 날이 아니다. 낳은 날이기도 하다. 아이에게는 엄마가 낳아준 날이다. 낳아줘서 고마워요. 이런저런 일이 있지만 행복하게 지내고 있어요. 내 생일에는 부모님께 그런 마음이 든다. 아이에게는 태어나줘서 고마워, 하고 생각한다. 생일은 두 번 기쁘다.

초하루든 생일이든 어른이 되며 마음이 변했다. 아이들에게 그 마음을 강요할 생각은 없다. 하지만 매일 학교에서 돌아오는 아이들을 맞이하며 "잘 다녀왔어?"라고 말을 걸 때는 가슴이 뛴다. 잘 돌아왔네. 오늘 하루도 기운차게 열심히 지냈지. "다녀왔습니다"라고 말할 때 아이들의 얼굴은 매번 다르다. 밖에서는 즐거운 일만 있는 건 아니겠지. 괴로운 일도 겪겠지. 그래도 집으로 돌아온다. 뭔가 잘 풀리지 않아도, 슬픈 일이 있어도, 어떻게든 극복하고 돌아왔으니 기뻐하고 싶다.

그나저나 설날. 초하루의 집대성인 날이다. "다녀왔습니다"와 "어서 와"가 합체된 듯한 날이기도 하다. 한 해를 무사히 보낼 수 있었으니 감사한다. 당연히 온다고 생각했던 날을 맞이하는 것이 당연한 일이 아니었다는 사실을 알게 되었으니까.

못 만나게 된 사람들을 생각한다. 만날 수 있는 사람들도 생각한다. 만나자. 만날 수 있으니 기뻐하자. 설날은 경사다. 새해를 맞이한 것을 축하합니다.

벌꿀

다니우치 로쿠로가 그린 그림을 볼 기회가 있었다. 조용하게 인기가 있는 화가다. 오랜 세월 잡지 표지를 그렸고 작품은 달력이나 우표 등에도 자주 쓰인다. 주요 모티프는 시골 풍경인데 어딘가 그립고 친숙하다. 그 그림을 싫어한다고 말하는 사람은 아마 없을 것이다. 하지만 이제까지 나는 특별하게 매력을 느낀 적이 없었다.

그런데도 한 장에서 눈을 뗄 수 없다. 뭔가 강렬하게 가슴 깊은 곳에서 끓어오르는 감정이 있었다. 자세히 살펴보자 옆에 그림 제목과 풍경의 장소가 쓰여 있었다.

고향의 산이었다. 그것을 안 순간 이 화가의 역량에 전율했다. 토지가 지닌 힘이 그림에 드러나 있다. 노골적인 매력이 아닌 무언가가 그림에, 그리고 이 토지에 있다는 것을 알게 된 느낌이었다.

내 안의 센서 같은 것에도 놀랐다. 원풍경原風景 사람의 마음 깊은 곳에 있는 맨 처음 풍경으로 대체로 그리움을 불러일으킨다이라는 간단한 말은 쓰고 싶지는 않지만 원풍경이라고 불러야 할 것이 내 안에도 분명 존재하는구나 절절히 생각했다.

자, 이제 벌꿀 이야기다.

연꽃꿀, 아카시아꿀, 클로버꿀. 저마다 향도 맛도 다르다. 요즘 좋아하는 것은 머귀나무꿀이다. 식수유머귀나무의 다른 이름. 열매가 고추처럼 맵다고 한다의 꿀…… 대체 어떤 맛이 날까 호기심에 사봤다. 맵지 않았다. 강한 향신료 같은 향이 나긴 하지만 풍미가 깊어서 아주 맛있었다.

그러나 눈을 가리고 맛을 본다면 나는 분명 알아맞히지 못할 것이다. 어느 꿀을 무슨 꽃에서 딴 것인지. 꽃향기와 꿀 향기는 다르다. 병의 라벨을 보고서 그제야 어디서 피는 무슨 꽃의 꿀인지를 안다.

"샐비어라면 알아맞힐지도 모르겠어."

유치원 시절 원 마당에서 기르던 샐비어 꽃을 하나씩 잡아 뜯어 쪽쪽 빨다가 결국 원장 선생님께 혼난 적도 있다.

꿀에 푹 빠져 있는 친구 집에서 그런 이야기를 했더니 친구가 스푼을 건넸다.

"이 꿀 한번 먹어봐."

어때? 친구가 물은 순간 나는 깜짝 놀라서 할 말을 잊었다. 이 벌꿀이 어떤 꽃의 꿀인지 알기 전부터 눈앞에 떠오른 풍경이 있다. 사람들이 오가는 제방, 물빛 하늘, 발아래는 느릿느릿 흐르는 강. 그리고 끝없이 이어지는 벚나무 터널. 그것은 틀림없이 후쿠이에 있는 아스와강의 벚꽃길 풍경이었다 아스와강 제방에는 일본 최대의 규모라는 2.2킬로미터짜리 벚꽃길이 있다. 나는 벌꿀 병을 손에 들고 라벨에 쓰여 있는 글씨를 읽었다. 벚꽃, 이라고 쓰여 있었다. 생산자는 후쿠이의 양봉 농가였다. 친구는 그 벌꿀을 내게 선물해줬다.

벚꽃의 힘에, 벌꿀의 위대함에, 그리고 내 안의 원풍경에 놀란다. 스푼으로 떠서 맛을 볼 때마다 어린 시절에 아버지, 어머니와 함께 꽃구경을 했던, 고등학생 시절 자전거로 지났던, 어린 자식들과는 손을 잡고 걸었던 그리운 제방의 벚꽃이 눈앞 가득 펼쳐진다.

사슴만주

봄에 홋카이도로 이사를 왔다. 다이세쓰산 국립공원 속에 있는 작은 촌락에서 가족끼리 살고 있다. 산과 강과 호수가 아름다운 지역이다. 이사 온 뒤로 매일 아침 일어날 때마다 창밖 풍경에 감탄한다. 넓게 가지를 펼친 나무들과 그 너머의 산들. 나뭇가지에는 어치나 딱따구리가 온다. 나무 그늘 아래로 에조사슴홋카이도 전역에 분포하는 사슴의 일종이 유유히 걸어가는 모습을 볼 때도 있다. 북방여우나 다람쥐, 토끼도 가끔 본다. 목장도 있다. 기르는 소가 여기 사는 인간보다 훨씬 더 많다.

"사슴만주를 만들 예정이니 한가한 분은 오세요."

반상회 부인부에서 모이라는 말을 들었을 때는 엉겁결에 되물었다.

"사슴, 만주, 라고요?"

사슴센베이라면 안다. 나라奈良 공원에서 풀어놓고 기르는 사슴들의 먹이가 되는 센베이다. 어릴 때 가족끼리 갔던 나라 공원에서 사슴센베이를 쥐고 있었더니 사슴이 돌진해 와서 나를 박치기하며 온 힘을 다해 센베이를 빼앗아 갔다. 사슴은 의외로 난폭하며 인간을 자세히 보고 있다.

하지만, 만주다. 근사한 뿔을 머리에 얹고 당당하게 걷는 수사슴도, 커다란 호두나무 아래에서 이쪽을 보고 있는 밤비 같은 수사슴도 만주와는 이미지가 연결되지 않는다. 설마 사슴들은 센베이에 질린 걸까? 속에 넣는 건 팥소일까? 그렇다면 낱알이 살아 있는 팥소? 체에 거른 팥소?

앞치마와 부엌칼만 가져오라기에 호기심을 잔뜩 품고 가봤더니 견본이 있었다.

고기만주였다. 순간 영문을 알 수 없었다. 이걸 사슴이 먹을까?

곧이어 이해했다. 사슴에게 주는 만주가 아니라 사람이 먹는 만주였다. 통상적인 고기만주는 돼지고기나 소고기를 갈아서 소를 만들지만 사슴만주는 사슴고기를 갈아서 만든다. 그런 모양이다.

사슴고기는 먹을 수 있다. 사냥감이다. 그쯤이야 알고 있었다. 하지만 사슴에게 먹일 만주를 만들 거라고만 굳게 믿고 있었기에, 먹는 것은 사람이고 사슴은 먹히는 쪽이었다는 데 가벼운 충격을 받았다.

생각해보면 순진했던 것은 나다. 지금은 농작물 피해가 문제가 될 정도로 늘어난 꽃사슴과는 달리 에조사슴은 아직 해로운 짐승으로는 취급받지 않는다. 그렇지만 추위가 혹독한 이 땅에서 작물의 싹이 나는 족족 먹어 치우는 사슴을 일부러 만주까지 만들어가며 간식 시간에 초대할 리가 없었다.

사슴고기를 간다. 살코기 색이 예쁜 고기였다. 마늘과 생강, 부추, 파, 말린 표고버섯 다진 것을 함께 반죽해서 소를 만든다. 피는 이스트와 베이킹파우더를 둘 다 써서 볼록 부풀어 오르게 만든다. 슉슉 김이 피어오르는 커다란 찜통에서 쪘더니 자그마한 말라가오马拉糕카스텔라와 비슷한 중국식 찐빵 같은, 맛있어 보이는 사슴만주가 완성되었다. 신선한 산 공기 속에서 먹는 사슴만주는 각별하다. 단, 바로 코앞까지 다가와 있는 산 안쪽에서 사슴 몇십 마리가 이쪽을 들여다보고 있는 듯한 기분이 들었다.

바비큐

바비큐가 거북했다.

일단 바비큐를 하는 상황부터가 거북하다. 야외라는 점이 애초에 귀찮다. 덥거나 춥거나 바람이 강하게 부는 가운데서 왜 일부러 불을 쓰는 건가. 많은 사람들과 왁자지껄 떠드는 것도 내가 잘하는 일은 아니다. 고기와 채소를 그저 철판에 구워서 양념을 찍어 먹기만 하는 것도 그 식재료들을 먹는 방식으로서는 탐탁지 않다. 게다가 대개 마무리로는 내가 싫어하는 그것을 먹는다. 딱히 나 하나쯤 미워해봤자 꿈쩍도 하지 않는 인기 있는 주식. 그러나 먹는 것을 몹시 좋아하는 내가 유일하게 못 먹는, 보기도 싫고 듣기도 싫고 이름을 말하기도 싫은 음식이다.

하지만 변했다. 1년 동안 홋카이도의 산속에서 생활한 것만으로 바비큐에 대한 마음이 완전히 바뀌었다. 인간은 몇 살이 되든 변할 수 있구나, 스스로도 감탄한다.

무엇보다 맛있었다. 산으로 둘러싸인 학교의 앞뜰이나 목장 광장에 마을 사람들이 화기애애하게 모인다. 드럼통을 반으로 잘라서 만든 바비큐 화로가 대여섯 개. 숯을 넣고 그 위로 철망을 걸쳐서 고기와 채소를 굽는다.

이 고기가 일품이었다. 마을 목장에서 기르는 소의 덩어리 고기다. 암염을 뿌리고 드럼통 철망에 얹어서 쉬익 굽는다. 덩어리라서 표면이 타도 안은 그대로 레어다. 그것을 칼로 썰어서 간장과 겨자 소스를 살짝 찍어 먹는다. 으헉, 하고 감탄사가 터져 나올 정도였다.

"맛있어!"

나도 모르게 외쳤더니 "당연하지!"라는 대답이 돌아왔다. 특별히 맛있는 고기를 특별히 맛있는 방식으로 구워 먹는 것이니 당연하다면 당연하다. 그렇게 생각했지만 그뿐만은 아니었던 것 같다.

"공기가 맛있으니까."

앗, 공기인가. 확실히 맛있었다. 하늘이 푸르고 바람이 맑고 숲 냄새가 난다. 가슴 가득 들이마시면 세포가 새롭게 다시 태어나는 실감이 든다. 고기를 굽는 고소한 냄새. 떠들썩한 사람들의 목소리 너머로 강물이 졸졸 흐르는 소리가 들려온다.

맛있는 경치 속에서 맛있는 것을 먹으니 기분이 좋아서 모두 저절로 웃는 얼굴이 된다. 여러 사람과 여러 이야기를 하며 웃는다. 각별히 재미있는 이야기나 색다른 화제가 없어도 괜찮다.

좋구나, 바비큐는 맛있는 거구나, 처음으로 깨달았다. 아마도 바비큐에 대한 마음뿐만 아니라 뭔가 더 큰 것이 바뀌지 않았나 싶다. 사람을 접할 때 힘을 빼는 방법이라든가, 해나 바람과 사이좋게 지내는 마음가짐이라든가. 요컨대 집 밖에서 인생을 즐기는 방법, 일까.

아참, 마지막에 먹는 그것. 망을 철판으로 바꿔서 구운 그것. 분명 보는 것도 싫었는데 거북한 냄새도 산 공기 속으로 쓱 사라져서 괴롭지 않았다.

혹시 그 산속에서라면 언젠가 어떤 마법으로 먹을 수 있을지도 모른다. 후쿠이의 시내로 돌아온 지금은 그날이 언제가 될지 알 수 없지만.

크림빵

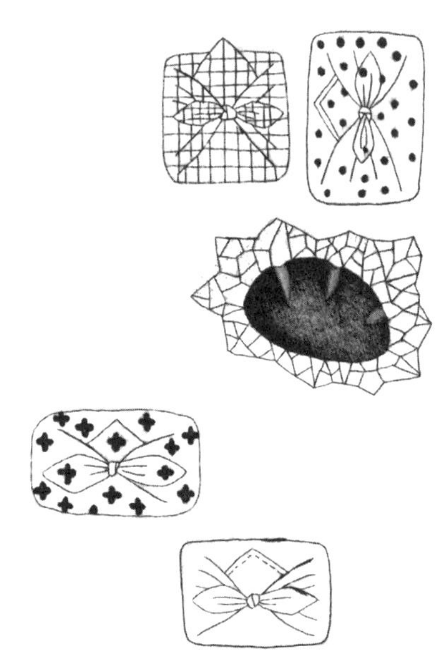

산기슭 작은 동네에 있는 아담한 빵집. 남편이 빵을 굽고 부인이 손님을 맞이한다. 느낌 좋은 가게다. 가끔 그곳까지 빵을 사러 간다. 차로 산을 내려가서 처음 나오는 빵집이 그 가게라서 정말 행운이었다. 무슨 빵이든 맛이 기가 막힌다.

처음으로 크림빵을 사봤다. 포장된 봉지를 열자마자 좋은 냄새가 물씬 풍긴다. 밀가루 냄새와 발효 냄새, 거기에 커스터드 크림 냄새와 그리운 무언가. 한 입 베어 물자 '맛있어!'라는 생각이 드는 동시에 배 언저리에서 생겨난 그리움이 뭉게뭉게 커지는 것을 느꼈다.

아주 오래전, 벌써 40년도 더 지난 일이다. 내가 다녔던 유치원은 좀 엄격한 면이 있는 곳이었다. 급식이 없어서 매일 도시락을 들고 가는 것까지는 좋았지만, '애정을 담아 어머니가 만들 것'이라고 정해놓은 유치원이었다. 도시락을 먹기 전에 하는 감사 기도의 말을 나는 지금도 떠올릴 수 있다. 당시 썼던 알루미늄 도시락 통의 무늬도, 그것을 쌌던 손수건도, 거기에 배어들어 있던 간장 냄새까지 떠올릴 수 있다. 그리고 동경의 대상이었던 어느 도시락도.

그것은 크림빵이었다. 어디서나 팔 듯한 흔해빠진 크림빵. 산기슭 빵집의 크림빵과 비슷하다고는 생각하기 어렵다. 굳이 말하자면 '맛있어!'라는 느낌이 닮았던 것일 수도 있다.

그 아이는 언제나 도시락으로 크림빵을 가져왔다. 언제나, 라고는 해도 기억 속 계절은 겨울이다. 교실 안에 커다란 난로가 있었는데 선생님들이 아무리 신경을 써도 겨울이면 매번 원아 중 누군가가 거기서 화상을 입었다. 지금처럼 안전한 난로가 아니라 검고 네모지고 안에서 불이 활활 타오르고 표면이 아주 뜨거워지는 큰 난로였다. 호쿠리쿠의 겨울은 이 정도가 아니면 따뜻해지지 않았다.

도시락 시간이 다가오면 이 난로 위에 은박지로 감싼 덩어리가 올라갔다. 이윽고 거기서 구수하고 좋은 냄새가 나기 시작한다. 은박지 속에 든 것은 크림빵이었다. 겉이 노릇노릇 굽히고 크림의 달콤한 냄새가 피어오를 무렵이면 점심시간이 시작된다. 내 차가운 알루미늄 도시락 통을 열면서 따끈따끈한 빵을 부러워했다. 좋겠다, 나도 저 빵 먹고 싶어. 분명 모든 아이들이 그렇게 생각했을 것이다. 한 입만, 하는 아이들 때문에 빵 주인은 난감한 얼굴이었다. 나도 한 입이라기에는 좀 작은 사방 1센티미터 정도의 빵 조각을 얻은 적이 있다. 감격했다. 조금 눌은 듯한 냄새가 나는 빵 반죽. 살짝 묻어 있는 커스터드 크림. 너무 조금 얻어 먹은 탓이었는지 꿈처럼 맛있는 빵으로 여겨졌다.

지금은 안다. '어머니의 애정을 담아 만든 도시락'을 들고 오는 것이 당연시되었던 유치원에 매일 시판 크림빵을 들고 오는 부끄러움. 그것을 조금이라도 누그러뜨리기 위해 선생님은 그 아이의 크림빵을 난로에 데워줬던 것이다. 다른 아이들 모두가 부러워하는 크림빵을, 그애는 아마도 복잡한 심정으로 먹었을 것이 틀림없다.

마들렌

초등학교 시절 친구 어머니 가운데 눈이 휘둥그레질 정도로 맛있는 과자를 굽는 사람이 있었다. 5학년 때 전학 온 M의 어머니다. 학교에서 귀가하는 길이 같았기도 해서 우리는 금세 친해졌고 서로의 집을 오가게 되었다.

우리 어머니는 단것을 싫어해서 과자류에는 흥미가 없었고, 그래서 집에서 과자를 만들지도 않았다. 그 탓도 있었을지 모른다. M의 집에 놀러 갔을 때 달걀과 밀가루를 굽는 달콤한 냄새가 물씬 풍겨오면 나는 이상하게 흥분했다. 예의 바르지 못한 행동이라는 것을 알면서도 부엌을 엿보지 않고서는 견딜 수 없었다. 먹는 게 그리도 좋을까 싶어서 어처구니가 없었는지, M의 어머니는 싫은 기색도 없이 나를 오븐 앞에서 기다리게 해줬다. 그리고 언제나 갓 구운 과자 하나를 가장 먼저 먹게 해주었다. 뜨겁고, 버터가 고소하고, 한 입 먹는 것만으로 행복해지고 마는 맛이었다.

그런데도 나는 바보다. 초등학생이었던 나는 레시피를 물어봐야겠다는 생각도, 만드는 법을 배워야겠다는 생각도 하지 못했다. 눈이 번쩍 뜨이게 맛있는 마들렌을 하나 다 먹으면 그것으로 만족해서 다시 친구와의 놀이로 되돌아갔던 것이다. 아이들이 있는 곳에 정식으로 차를 가져다주시면 나는 마들렌을 두 개째 더없이 소중하게 먹었다. 맛있네, 했더니 M은 그럴까? 그 정도는 아니야, 하며 시들한 표정으로 웃었다. 자기 어머니가 구운 과자라서 틀림없이 수줍어하는 거라고 생각했다.

M의 가족은 6학년 여름방학 때 다시 이사를 갔다. M과는 몇 번인가 편지를 주고받았지만 그뿐이었다.

어른이 되어 나도 과자를 굽게 되었고, 맛있다고 소문난 가게의 케이크를 먹을 수도 있게 되었다. 그래도 그 마들렌을 능가하는 구운 과자를 만난 적은 없다. 그리움 때문만은 아니라고 생각한다. 추억이 미화된 것도 아니다. 그 마들렌은 정말로 맛있었다.

어느 날 어머니가 아주 반가운 사람을 만났다고 했다. 못

본 지 30년도 더 된 M의 어머니였다. 우연찮게 우우이에 놀러 와 있었던 모양이다. 찬스라는 양 나는 어머니를 통해 그 마들렌 만드는 법을 가르쳐줄 수 있느냐고 부탁했다. 얼마 뒤 분량표와 요리 순서가 정성껏 적힌 종이가 우편으로 왔다. 굽는 틀까지 함께 보내주셨다. 지금은 더 이상 과자를 굽지 않는다고 덧붙여 쓰여 있었다. 올록볼록하고 얕은 은색 마들렌 틀. 그것을 보기만 했는데도 M의 집 부엌과 거기서 떠돌던 좋은 냄새가 되살아났다.

레시피는 배합도 순서도 단순했다. 마들렌 틀도 있다. 하지만 아직 만들지 못하고 있다. 그렇게 벼르고 있었는데도. 이대로 만들어봤자 기억 속의 행복한 맛을 재현할 수는 없으리라는 것을 이제 와서 깨닫고 말았다. 되살아난 기억 속의 M은 그럴까? 하며 고개를 갸웃거리고 있었다. M은 어머니의 과자를 맛있다고는 생각하지 않았다. 그래도 계속 구웠던 어머니의 마음을 이제야 겨우 상상해본다.

햄버거

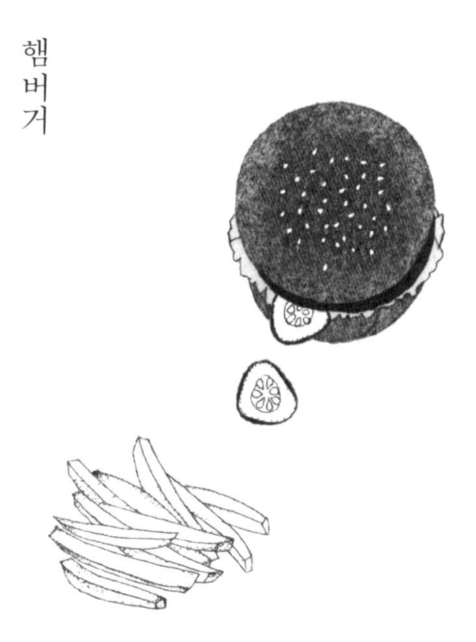

사람의 성격은 태어날 때부터 어느 정도 정해져 있다고 나는 생각한다. 가령 날 때부터 꼼꼼한 아이와 덜렁거리는 아이가 있다. 밖에서 노는 것을 좋아하는 아이와 집에서 꼼짝 않고 공상에 잠기는 것을 좋아하는 아이가 있다. 먹는 것에 관해서도 새로운 음식에 도전해보는 아이와 신중파가 있다. 어릴 때부터 그 경향은 뚜렷하게 드러나서 우리 집 삼남매 중에서도 새로운 이유식 메뉴를 와구와구 먹는 아이와 혀로 쑥 밀어내는 아이가 있었다.

다양한 것을 시도해보고 먹어볼 수 있다면 즐겁겠지만 아마도 이것은 성격이다. 바꾸기는 어렵다. 나 자신은 딱히 고집 없이 새로운 것도 척척 시도하고 받아들이는 타입이라고 생각한다.

태어나서 처음으로 햄버거를 먹었을 때의 일은 지금도 선명하게 기억한다. 그 시절 후쿠이에는 아직 햄버거 가게가 없었다. 얼마나 시골인가, 혹은 얼마나 옛날이야기인가 싶을 텐데 둘 다 크게 틀리지 않은 추측이다. 나의 햄버거 첫 경험은 초등학교 여름방학을 맞이하여 도쿄의 외갓집에 놀러 갔을 때 친척 언니가 햄버거 가게에 데려가줬을 때다.

이것이 햄버거인가! 두근두근하며 먹었지만 한 입째에 피클이 입에 들어오고 말았다. 이렇게 기묘한 맛이 나는 음식은 분명 인기가 없을 거라고 생각했다. 햄버거와 그 가게가 불쌍해서 동정마저 했지만 언니에게는 예의를 차려서 맛있네, 라고 말하기도 했다. 얼굴은 웃고 있지 않았으니 아마도 인사치레라는 것이 빤히 보였을 터다.

얼마 전 오랜만에 만난 고등학교 친구가 취미로 종종 달리기를 한다고 말했다.

"오늘 아침에는 에이헤이지永平寺후쿠이현에 있는 조동종 사원까지 15킬로미터쯤 달렸어. 맨발로."

"뭐?"

15킬로미터라는 것에도 놀랐지만 맨발이라는 것에 더 놀랐다.

"재미있는 책을 읽어서 아아, 나도 맨발로 달리고 싶다, 하고 생각했거든."

친구는 즐거운 표정으로 알려줬다. 제목을 들어보니 나도 읽은 적 있는 책이었다. 남미 민족 가운데 맨발로 터무니없이 빨리 달리는 사람들에 관한 글이다. 확실히 재미있는 책이었다. 그렇다고 맨발로 달리자는 생각은 나는 안 한다.

친구의 말에 따르면 처음에는 아팠던 발바닥이 점점 강해지고 피부도 두꺼워져서 이제는 맨발로 달리지 못하면 유감스러울 정도라고 한다. 대단한데, 순수하게 생각했다. 같은 책을 읽어도 남의 일로 여긴 나와 실제로 맨발 달리기를 시작한 친구. 여러 분야의 담장을 낮춰서 재미있어 보이는 일에 도전할 수 있는 인생은 즐겁구나.

집으로 돌아와 남편에게 이야기했더니 "알아. 나도 젊었을 때는 내내 맨발로 달렸거든" 태연하게 말해서 깜짝 놀랐다.

"처음에는 유리를 밟아서 발바닥이 베이기도 하지만 점점 강해지고, 또 감각이 예민해지니까 위험한 것이 있어도 금방 피할 수 있게 돼."

의외였다. 신중한 타입이라고 생각했다. 유통기한은 반드시 지키고, 먹기 까다로워 보이는 음식은 고집스럽게 안 먹는다. 문득 생각이 나서 태어나서 처음으로 햄버거를 먹었을 때 어떤 느낌이었는지 물어봤다.

"피클이 강렬해서 왠지 딱한 음식이라고 생각했어."

기묘하게 나와 닮았다. 지금은 맛있다고 생각하는 것까지. 성격은 꽤나 다를 텐데 신기한 일이었다.

한천

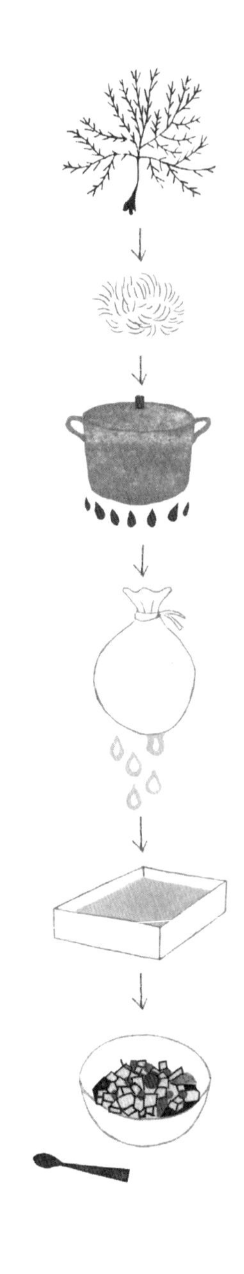

이상한 이야기라고는 생각하지만, 우리 어머니가 가장 좋아하는 음식은 한천이라고 한다. 한천은 요리 이름이 아니라 식재료다. 그런 것도 신경 쓰이지 않을 만큼 한천에 푹 빠진 모양이다. 그런데 참 이상하게도 남편이 가장 좋아하는 음식 역시 식재료다. 놀랍게도 한천이라고 한다.

한천은 칼로리가 거의 없고 식이섬유가 풍부하며 지방이나 당분 흡수를 억제하는 작용을 한다고 한다. 몸에 좋은 음식인 것이다. 그러나 어머니도 남편도 그런 점은 멋이 없다고 말한다. 둘이서 짜기라도 한 양 효능서는 필요 없다는 것이다. 그냥 맛있으니까 맛있는 것이라고. 그 맛도 냄새도 없는 한천을 어떻게 그 정도로 좋아할 수 있는지 나는 잘 모르겠다.

그러고 보니 옛날에 내가 초등학생이었을 때 한천을 집에서 직접 만든 일이 생각났다. 직접 만든 것도 직접 만든 것인데 심지어 바다에 가서 한천의 재료인 우뭇가사리를 채집해 오는 일부터 시작했다.

친정집 이웃에 살던 아주머니는 후쿠이의 바닷가 동네 출신이었다. 그녀의 가르침을 받으며 우뭇가사리를 채집하고, 씻어서 말리고, 또 씻어서 말리고, 삶고 삶고 또 삶고. 30여 년 전의 이야기라서 세부는 까먹었지만 아이들도 도와가며 큰 냄비를 몇 개나 써서 하루 종일 보글보글 푹푹 삶았던 것을 기억한다. 커다란 무명천으로 봉지를 만들어서 거기다 충분히 끓인 액체의 웃물을 거른다. 평평한 상자에 넣고 몇 시간이나 들여 식히고 굳혔던 것 같다. 그렇게 해서 믿기 힘들 정도로 많은 양의 한천이 완성되었던 것이다.

생각보다 딱딱했고 바다 비린내 같은 것이 났다. 그만큼 시간과 노력을 들여서 완성한 게 이건가 생각하면 낙담을 감출 길이 없었다. 그래도 어머니는 며칠에 걸쳐서 그것을 먹었다. 아마도 정말로 맛있다고 생각하며 기쁘게 먹었을 것이다. 한천이 주식이 될 기세였다.

자주 가는 떡집에서 기간 한정으로 미쓰마메붉은 완두콩 삶은 것, 육각형으로 썬 한천, 찹쌀경단, 귤, 복숭아 등에 설탕 시럽을 뿌려 먹는 일본의 디저트를 만든다. 맛있는 떡집에서 만드는 미쓰마메는 역시 맛있어서 처음 먹었을 때는 이렇게 맛있는 미쓰마메가 있다니 하며 깜짝 놀랐다. 물론 설탕 시럽 맛도 일품이었지만 특별히 두드러지는 것은 한천이다. 흔히 보는 안미쓰미쓰마메에 팥소를 올린 것처럼 한천이 육각형으로 썰려 있지 않다. 씹는 맛이 확실히 살아 있는 한천을 대담하게 용기에 흘려 넣어서 그대로 굳혔다. 그것을 스푼으로 떠서 먹는다. 크게 한 입 먹든, 설탕 시럽이나 완두콩과 섞어서 작게 한 입 먹든, 먹는 사람 마음이다. 한천을 즐기는 사람이라면 좋아서 어쩔 줄 모를 것이다.

또 역 앞 백화점에 있는 찻집의 특선 안미쓰도 훌륭하다.

"보통 안미쓰랑 특선 안미쓰는 한천이 완전히 달라요."

어머니에게 그렇게 귀띔해준 것은 남편이다.

"어머, 얼른 가봐야겠네."

몹시 기뻐하며 대답했던 어머니가 다음에 만났을 때는 눈을 반짝였다.

"한천 씹는 맛이 다르더라."

게다가 "또 집에서 한천을 내 손으로 잔뜩 만들고 싶어"라고 황홀하게 말해서 소름이 돋았다. 남편이 그 제안을 받아들이지 않기를 간절히 빌고 있다.

수프를 끓이다

"느긋하게, 조용~히 끓이는 기 비결이다."

대학 동기가 가르쳐준 것은 건더기가 가득한 수프를 만드는 방법이었다. 점심으로 보온병에 담아서 가지고 온 수프를 맛보고 깜짝 놀랐다. 눈이 휘둥그레질 정도로 맛있었다. 한 모금으로 마음이 평온해지는 듯한 맛.

동기는 내 눈앞에서 공책을 찢어서 레시피를 적어줬다.

"느긋하게 끓인다는 건 어느 정도야?"

열여덟 살이었고 갓 상경해서 제대로 요리를 해본 적 없었던 나는 천진하게 되물었다. 동기는 생긋 웃더니 손가락으로 브이 자를 만들었다.

"둘? 두 시간……?"

"맞다. 두 시간쯤 들여서 여유롭~게 끓이는 기다."

"흐음."

내 안에서 만들어보려는 의욕이 단숨에 사그라진 것을 그도 눈치챘을지 모른다.

"불을 줄이고 냄비를 올려두기만 하모 되니까 어려운 건 아무것도 없데이."

어려운 것과 귀찮은 것을 그 시절 나는 구별조차 하지 못했다.

"그래도 두 시간이잖아. 그건 나한텐 힘들어."

간단히 마무리를 지어버렸다.

뭐가 힘들었는지 이제 와서는 잘 모르겠다. 그저 그 시절의 두 시간은 지금보다 훨씬 길고 귀중했다. 무슨 일이 일어날지 모르는데 수프를 위해 두 시간이나 쓸 수는 없다. 지금은 아직 아무 일도 없지만 다음 순간에는 무언가가 일어날 것이다. 그런 근거 없는 기대감으로 가슴이 터질 듯했다.

"맛있는데 말이다."

동기는 말했다. 그 아쉬운 듯한 표정이 그로부터 사반세기도 더 지난 지금까지 생각난다. 수프를 끓이는 두 시간 사이에 무슨 일이 일어나지는 않는다는 것을 이제 나도 잘 안다. 그때는 들떠 있었던 것이다. 발이 땅에 붙어 있지 않았다.

하지만 조금 흐뭇한 기분도 든다. 인생의 봄 같은 계절. 두 시간씩이나 냄비를 휘젓고 있을 수야 없다. 실제로는 냄비를 그렇게 자주 휘저을 필요도 없었고, 심지어 불을 켜둘 필요도 없었다. 보글보글 조용히 끓인 다음 모포로 감싸서 놔두면 그걸로 맛있는 수프가 완성된다.

푹 끓인 따뜻한 수프가 생각나는 시기는 이제 곧 끝나간다. 하지만 올해도 이 시기에 큰 냄비로 수프를 만드는 이유는 그때 내가 조금 더 현명했다면, 하고 생각하기 때문이다. 얼른 만들어봤다면 좋았을 텐데. 아니, 얼른이 아니라도 좋았다. 같은 대학에서 얼굴을 마주하는 사이에 만들었다면 좋았을 것이다. 좀 많이 늦고 말았다.

그는 대학을 도중에 그만뒀다. 바람결에 요리사가 되려는 것 같다고 들었다. 그로부터 얼마간은 동기들의 화제에 올랐지만 점점 떠올리지 않게 되었다. 가끔 생각이 나면 언젠가 가게를 내는 걸까 했다. 그 수프는 메뉴에 넣을까. 그가 세상을 떠났다는 사실을 안 것은 졸업하고 몇 년이나 지난 뒤의 이 계절이었다.

올해 내 나이는 그가 세상을 떠난 나이의 배가 되었다. 그만큼 살았지만 그가 남겨준 수프 레시피보다 맛있는 레시피를 아직 모른다. 세상을 떠난 뒤의 세월이 길어지면 길어질수록 내 안의 그는 생긋 웃는다. 요리사가 되어 어딘가에서 가게를 하고 있을 듯한 느낌이 지금도 든다.

진저브레드

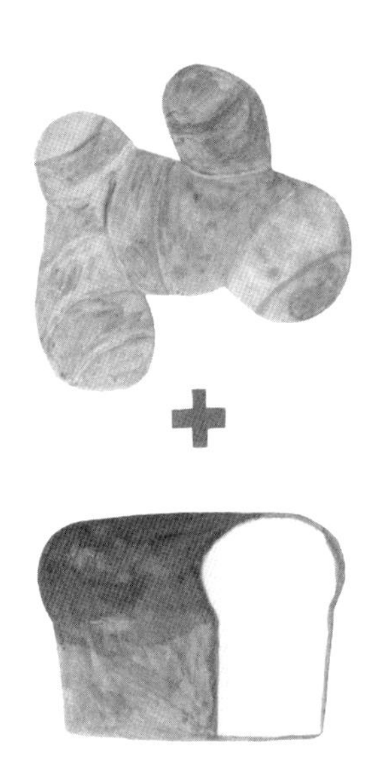

진저브레드라는 단어의 울림에 마음을 빼앗긴 것은 언제였던가.

아마도 초등학교 2학년 아니면 3학년이었다. 영국 동화나 소년 소녀 대상의 이야기에 종종 등장하는 그것은 어떻게 생겼는지도 모르는데 소녀의 마음을 거세게 자극했다. 몰라서 더 그랬을까. 등장인물들이 소중하게 먹는 진저브레드, 그건 뭘까?

진저가 생강이라는 사실을 안 것도 그 무렵이다. 작은 충격이었다. 초등학교 저학년 때는 생강이 맛있는 음식으로 분류

되지 않는다. 진저가 생강이고, 게다가 브레드는 빵이라고 한다. 즉 생강빵. 머릿속에 물음표가 떠올랐을 것이다. 그게 맛있어?

맛있는지 어떤지는 둘째치고 생강빵이라면 나도 만들 수 있을지도 몰라. 초등학생이었던 나는 가슴이 두근거렸다. 실제로는 빵을 구워본 적도 없으면서. 오븐도 없었고 반죽을 발효시키는 것도 몰랐다. 그저 밀가루와 달걀과 우유와 베이킹파우더, 거기에 생강을 갈아서 듬뿍. 그것들을 섞어서 프라이팬으로 구웠다.

한 입 먹은 남동생이 웩 뱉어 냈다. 나도 그렇게 하고 싶었지만 참았다. 맛없어, 라고 말하는 건 간단하다. 하지만 그 말을 하면 어린 마음에도 진저브레드에게 실례라고 생각했다. 진짜 진저브레드는 분명 맛있을 것이다. 제대로 만드는 방법을 몰랐던 게 잘못이었다. 지금이라면 좀 더 정확하게 다시 말할 수 있다. 올바른 완성품이 뭔지조차 몰랐다. 그것이 가장 큰 실패 요인이었다.

당시 인터넷은 없었다. 요리책도 지금처럼 많이 나와 있지는 않았다. 어머니가 가지고 있던 정통파 가정요리 책에도 실려 있지 않았다. 그 뒤로 생강 양을 바꾸거나 설탕과 소금의 비율을 검토해가며 시도는 몇 번 더 이어졌다. 하지만 맛있지 않았다. 정확히 말하자면 맛없었다. 나는 이윽고 단념했다.

그리고 시간은 흘러 딸이 오므라이스를 처음 만든 것도 초등학교 3학년 무렵이다. 책에 나온 '폭신폭신 몽글몽글 오므라이스'라는 메뉴를 보고 강하게 이끌린 모양이다. 만들어줘, 라는 부탁을 받고 망설였다. 오므라이스는 양식의 단골 메뉴인 주제에 의외로 어렵다. 게다가 가족 5인분을 하나씩 만드는 사이에 점점 식어버린다. 좀처럼 요리를 시작하지 않는 나에게 속이 탔는지, 딸은 직접 만들기로 마음먹은 것 같다. 그것도 완전히 상상에 의지해서. 케첩라이스는 밥에 케첩을 섞었을 뿐이었다. 달걀은 몽글몽글하다기보다 흐물흐물했고, 악전고투를 한 것이 색깔로 드러나 있었다. 물론 "맛있네"라고 칭찬했고 애써 마지막까지 다 먹었다. 하지만 원래는 이런 게 아니라고 본인이 가장 많이 생각했을 것이다.

거기서부터다. 요리책에서 오므라이스 레시피를 찾아보더니 "그렇구나!" 하고 외친 딸은 무언가를 깨달은 모양이다. 다음번부터 엄청나게 솜씨가 늘었다. 오므라이스는 눈에 띄게 맛있어졌다.

딸의 솜씨가 좋아지는 것을 보고 진저브레드를 떠올렸다. 포기하지 말고 레시피를 찾아서 다시 만들었다면 좋았을 텐데. 너무나 맛없게 완성되면 재도전할 기력조차 빼앗긴다. 우선은 맛있는 진저브레드의 이미지부터야, 생각하다가 퍼뜩 멈췄다. 나는 여태까지 이야기에 나오는 것 말고 진저브레드를 본 적이 없었다.

삶은 달걀

삶은 달걀에서는 체념의 냄새가 난다.

남동생이 태어났을 때 나는 다섯 살이었다. 고향으로 돌아가 이모 집에 머무르며 출산할 예정인 어머니와 함께 그쪽으로 가서 한동안 지냈다. 어머니와 사이가 좋은 다른 이모 한 분도 걸어서 금방인 곳에 살았고 사촌들도 있어서 시끌벅적했다.

어머니의 진통이 시작되어 차로 산부인과에 간 것은 봄날 밤 8시가 지나서였다. 당연히 나도 함께 갈 수 있을 거라 생각했는데, 이모가 사촌들과 자고 있으라고 상냥하게 타일러서 아연실색했다. 지금 남동생이 태어나려는 그야말로 중대사에 참석하지 못한다니, 나는 너무도 있으나 마나 한 존재가 아닌가.

이제 와서 생각해보면 두고 가는 것이 당연하다. 사촌들도 있다. 물론 어머니와 함께 간 이모 말고 다른 이모와 이모부도 있다. 다섯 살짜리가 밤에 산부인과에서 출산을 기다릴 수 있을 리 없다. 아니, 그렇다기보다 틀림없이 걸리적거리기만 할 것이다.

불합리한 처사를 당한(당했다고 생각한) 나는, 그러나 어째서 내가 출산 자리에 참석하지 못하느냐고 따져 묻지 않고 그냥 참았다. 이상한 이야기일 수도 있지만 지금도 나는 그때의 나로 되돌아갈 수 있다. 친밀했던 모든 것이 별안간 서먹서먹해지는 듯한, 세계가 홱 멀어지는 듯한 기분. 참았던 이유는 단순히 분별 있는 아이였기 때문이 아니다. 고작 다섯 살에 세계의 중심에서 제외된 스스로를 전속력으로 체념했던 것이라고 생각한다.

다음 날 아침, 눈을 뜨자 이모가 생글거리며 남동생의 탄생을 알려줬다. 딱히 기쁘지 않았다. 이모를 따라 산부인과에 갔다. 한 발 먼저 아기를 보고 있던 이모가 누구와 닮았다는 둥 몸무게는 몇 킬로그램이었다는 둥 이야기하는 것을 심드렁한 기분으로 들었다. 맨 먼저 보고 들을 권리가 있는 사람은 분명 나인데, 생각했다. 하지만 입 밖으로 꺼내지는 않았다. 이미 체념하고 있었다.

면회 시간은 짧았다. 돌아오는 길에 이모가 매점에서 좋아하는 것을 사준다고 했다. 어머니와 떨어진 나를 위로해주려 했던 거겠지. 과자 선반을 천천히 살펴보며 걸은 뒤, 나는 어째서인지 삶은 달걀을 골랐다. 이유는 기억나지 않는다. 평범한 삶은 달걀이 바구니에 담겨 계산대 옆에 놓여 있었다. 그저 거기에 있던 삶은 달걀을 하나 집었고 이모가 계산을 해줘서 주머니에 넣어 가져왔던 것을 기억한다. 딱히 먹고 싶지는 않았다. 삶은 달걀을 좋아한다고 생각한 적도 없었다. 굳이 말하자면 흰자는 좋아한다. 반질반질해서 고상하게 느껴진다. 노른자는 질색이었다. 희미하게 이상한 냄새가 나서 품위 없다고 생각했다. 어머니와 먹을 때는 늘 어머니가 흰자를 나눠줬고 나는 반대로 노른자를 건넸다.

이모 집으로 돌아와서 달걀 껍질을 벗겼을 때, 앞으로는 삶은 달걀도 혼자서 전부 먹어야만 한다는 생각에 가슴이 쿵쿵 뛰었다. 노른자를 먼저 먹었다. 파슬파슬 목구멍에 걸렸다. 목이 메서 콜록거렸다. 눈물이 조금 났다. 그때 앞으로의 나는 어제까지의 나와는 다르다고 절실히 생각했다.

"좋겠네, 남동생이 태어나서 기쁘지?"

사촌들이 입을 모아 말하기에 고개를 끄덕였다. 기쁘지는 않았다. 하지만 기쁜 셈 치자, 생각했다.

"아기 귀여웠지?"

나는 다시 고개를 끄덕였다.

딱히 귀엽다는 생각도 안 들었다. 하지만 귀여웠던 셈 치자, 앞으로 그애를 귀여워하자, 생각하며 소중히 남겨뒀던 삶은 달걀의 흰자를 먹었다.

그리운 맛

아, 그리운 냄새, 하고 생각했더니 부엌에서 남편이 수박을 이제 막 자른 참이었다. 분명 매년 여름마다 먹는데도 고작 1년 전의 일이 벌써 그립다니, 그렇게 수박을 목 빠지게 기다렸나 싶다.

그러고 나서 깨달았다. 그리운 것은 수박이 아니다. 여름이 온 것도 아니다. 외할머니다. 외할머니가 그리웠던 것이다.

외할머니는 먹보였다. 맛있는 음식을 잔뜩 먹는 것이 기력의 바탕이라고 했다. 그중에서도 수박을 좋아했다. 여름 내내 기쁜 기색으로 먹으면서 "나는 수박이 최고로 좋아" 하고 어쩐지 의기양양하게 말했던 것을 떠올린다. 그런 말을 들으면 주위의 가족들은 수박을 향해 뻗는 손길이 살짝 조심스러워졌다.

아마도 수박이 최고라는 말은 과장이었을 것이다. 멜론을 먹어도 최고라고 했고, 감을 먹어도 비파를 먹어도 이게 최고라고 했던 기억이 있다. 그래도 멜론이나 감을 먹고 외할머니를 떠올린 적은 여태까지 없었으니 역시 수박이겠지.

언젠가는 인스턴트커피를 마실 때 예기치 않게 외할머니의 얼굴이 떠올라서 놀란 적도 있다.

외할머니는 편두통이 있었다. 머리가 아프면 서둘러 인스턴트커피를 타서 마셨다. 카페인을 섭취하면 혈관이 수축되어 두통에는 안 좋다고 주치의에게 들었음에도 불구하고, 당신한테는 커피가 잘 듣는다며 벌컥벌컥 들이켰다. 어린애였던 나는 가끔 그것을 살짝 맛보고는 "우웩" 하며 얼굴을 찌푸리기가 일쑤였지만. 당신의 인스턴트커피를 옆에서 맛봐놓고 쓰다느니 맛없다느니 하는 나에게 "너는 나랑 닮았으니까 머지않아 편두통이 올 게야" 하며 저주를 건 사람도 외할머니다. 귀여운 손주에게 잘도 그런 소리를 한다며 분개하면서도, 언젠가 편두통이 와도 커피가 있으니 괜찮다고 생각했다.

당시 주치의에게 만류당했던 외할머니가 좋아하는 커피도 지금이라면 또 좀 달랐을 것이다. 두통에도 여러 종류가 있다. 편두통은 혈관이 확장될 때 생긴다는 설도 있으니 외할머니의 편두통이 그런 종류였다면 커피로 카페인을 섭취하는 것은 정답이었던 셈이 된다.

그런 것을 생각하며 밤참으로 고추잡채를 만들었다. 어떤 사람에게 받은 중화요리 양념장(레토르트 팩으로 되어 있고 고기와 채소를 볶은 뒤 섞어 넣으면 요리 하나가 완성되는 제품)을 써서. 평소에는 시판 양념장을 쓰는 경우가 좀처럼 없다. 직접 만드는 편이 간단한 데다 오히려 빠르기도 하다. 하지만 드물게 그럴 마음이 들었다. 가끔은 내가 양념한 맛과는 다른 것을 먹고 싶은 기분이었다.

그래서 고추잡채를 만들어 먹어보고 깜짝 놀랐다. 심장이 덜컥 내려앉을 만큼 그리웠다. 외할머니가 자주 만들어준 고추잡채의 맛이다. 만드는 법을 배운 적도 없었지만 그랬구나, 이 회사의 양념장을 쓰셨구나 싶었다. 조리법을 물어봤다면 가르쳐주셨을까. 레토르트 제품을 쓰는 것은 분명 비밀이지 않았을까. 돌아가시고 몇 년이나 지난 뒤에 들키리라고는 생각하지 못하셨겠지. 이제 와서 외할머니의 비밀을 안 것 같아서 우스우면서도 좀 슬프다.

스크램블드에그

예전에 회사에서 일했던 젊은 시절, 아주 평판이 좋은 파견사원이 있었다. 늘 웃는 얼굴에 일이 빨랐고 심지어 그녀가 끓여주는 차까지 맛있다고들 했다.

신입사원이었던 나는 그녀의 일솜씨를 보고 저런 식으로 일하고 싶다고 생각했고 저런 식으로 미소 짓고 싶다, 저런 식으로 맛있게 차를 끓이고 싶다고 생각했다. 가끔 그녀와 이야기를 나누게 되어서 차 끓이는 비법을 가르쳐달라고 했더니 "특별한 건 아무것도 없어. 그저 마음을 담아서 정성껏 끓일 뿐이야"라고 알려줬다. 정성껏, 이라는 말이 마음에 남았다.

파견사원이었기 때문인지 그녀는 그 뒤 곧 회사를 옮겼다. 옮기기 전 마지막 날 탈의실에서 우연히 마주치자 그녀는 나에게 어떤 봉지를 줬다. 봤더니 쓰다 만 찻잎이었다.

"이거, 좀 비싼 찻잎이야. 차를 준비해달라고 부탁받으면 회사의 싸구려 찻잎에 섞어서 쓰면 좋아."

깜짝 놀랐다. 그녀의 차가 맛있었던 건 직접 찻잎을 더했기 때문이었다. 그렇게 해서 좋은 평판을 얻으려 했던 걸까, 순수하게 맛있는 차를 끓이고 싶었던 걸까. 정성껏, 이란 무엇이었나. 지금도 모르겠다.

한편 언젠가 친구 집에 자러 갔을 때의 일이다. 친구가 다음 날 아침 만들어준 스크램블드에그가 굉장히 맛있었다. 불 조절을 잘했나, 소금을 알맞게 넣었나, 대체 어떻게 하면 이렇게 맛있는 스크램블드에그를 만들 수 있을까 생각하며 물었다.

"으음, 딱히 비결 같은 건 없어. 그냥 평범하게 만들었는데."

요리를 잘하는 사람은 좋겠다고 생각했다. 평범하게 만들어서 이렇게 맛있게 완성된다면 날마다 먹는 밥에도 분명 설레겠지.

하지만 내가 만들어봤더니 역시 친구가 한 것처럼은 되지 않았다. 섞는 방식이 다를지도 모른다. 달걀 자체가 다를 수도 있다.

고개를 갸웃거리다가 느닷없이 맛있는 차에 대한 기억이

되살아났다. 그때도 비밀이 있었다. 어쩌면 친구는 진짜 비결을 가르쳐주지 않았던 게 아닐까.

개운치 못하게 의심을 품은 채 시간은 흘렀고 그에 대해서도 완전히 잊어가고 있었다. 최근 어느 요리책에서 스크램블드에그 레시피를 발견했다. 왠지 느낌이 확 왔다. 거기에는 재료로 달걀과 소금 외에 생크림도 쓰여 있었다.

달걀에 생크림을 조금 더한다. 나머지는 거의 평소대로다. 두근두근 만들어서 한 입 먹어보고 깜짝 놀랐다. 맛있다. 그 아침 감격했던 맛있는 스크램블드에그의 맛이다.

평소의 재료에 평소의 방식, 그저 생크림을 더했을 뿐. 비결은 없다면 없다. 혹시 실제로 생크림을 썼다 해도 그것이 친구가 늘 하던 방식이었다면 비결은 없다는 것도 거짓말은 아니었다고 생각한다.

그래도 물어보고 싶은 마음은 든다.

"그때 스크램블드에그에 생크림 넣지 않았어?"

20년도 더 전에 만든 스크램블드에그에 대한 질문을 받으면 친구는 어떤 표정으로 어떤 대답을 들려줄까.

찐빵

찐빵 하나만 갖고 있다.

정확히 말하자면 가방을 들고 있었고, 그 안에는 공책도 연필도 들어 있었다. 손수건도 화장지도 있었다. 게다가 지갑도 가지고 있었고 스마트폰도 있었다.

하지만 예기치 못한 거센 바람으로 전철이 멈췄을 때 내 머릿속에는 찐빵밖에 떠오르지 않았다. 찐빵이 있다, 였는지 찐빵밖에 없다, 였는지 어쨌거나 순간적으로 찐빵만 생각했다.

당일치기 일정이었다. 그래도 교통망이 발달한 도시와는 달리 후쿠이에 살면 전철을 탈 일은 거의 없다. 그래서 당일

치기라고는 해도 살짝 여행 가는 기분이었다.

조금 멀리 갈 때는 만약을 대비해 가방에 파우치를 넣는다. 간략한 외출 세트다. 혹시라도 외출한 곳에서 무슨 일이 일어났을 때 그것이 실제로 얼마나 도움이 될지는 모른다. 하지만 예컨대 상비약이라든지 스마트폰 배터리라든지 반창고라든지 안전핀이라든지 물티슈라든지, 그런 물건을 담은 파우치가 있는 것만으로 안심할 수 있었다. 무엇보다 파우치에는 먹을 것이 있었다. 사탕과 초콜릿, 게다가 쿠키. 그 정도라도 도움은 될 것이다. 여차할 때 마음을 단단히 먹을 수 있도록 좋아하는 사탕과 맛있는 초콜릿, 마음에 드는 쿠키. 조금 좋은 물건으로 골라서 넣는 것도 일시적인 위안이 된다. 하필 오늘 파우치를 들고 나오지 않아서 후회되었다.

전철은 어지간히 움직이지 않았다. 잠시 멈춘다는 말 외에 어떤 공지도 없었다. 처음에는 온화했던 차내 공기가 점점 싸늘해지는 것이 느껴졌다. 한 시간. 두 시간. 앞뒤 전철도 멈춰 선 모양이다. 스마트폰으로 뉴스를 보고 이래서야 당분간 못 움직일지도 몰라, 하고 깨달았다.

이제 오늘의 볼일은 포기한다 쳐도 내일도 아침 일찍부터 일정이 있었다. 어떻게든 집에 돌아가서 쌓여 있는 일을 한 다음 가족의 식사를 만들고 치우고 내일의 준비를 하고 씻어야 한다. 지금 생각해봤자 어쩔 도리가 없는데도 앞으로의 일정을 머릿속에서 몇 번이나 두서없이 짰다.

전날 딸과 함께 만든 찐빵 가운데 볼품없는 것 하나를 가방에 슬쩍 넣어 왔다. 목적지에 도착하면 식사를 할 예정이었고 딱히 배가 고팠던 것도 아닌데 별 생각 없이 넣어 왔다.

가방을 열고 찐빵을 봤다. 찌그러진 찐빵은 틀림없이 거기에 있었다. 넣어 와서 정말 다행이었다. 딸과 찐빵을 만들었던 평화로운 시간을 떠올렸다. 너무도 소중한 시간이었다고 이제 와서 생각했다. 고작 강풍으로, 하며 비웃을지도 모른다. 하지만 신묘한 기분으로 일상에 감사했다. 찐빵에도 감사했다. 배가 고프면 이걸 먹자. 그렇게 생각하는 것만으로 기분이 편안해졌다.

같은 차량의 떨어진 자리에서 아까부터 칭얼거리는 작은 아이가 있었다. 배가 고픈 것일지도 모른다. 그래, 혹시 먹고 싶어하면 저 아이에게 주자. 귀중한 찐빵이지만 나보다 저애나 그 어머니가 더 괴롭겠지.

그렇게 생각하자마자 전철은 서서히 움직이기 시작했다. 열차 안 여기저기서 안도의 한숨 소리가 들렸다. 세 시간 늦게 목적지에 도착했고, 찐빵을 먹을 일도 줄 일도 없었다. 그것은 행복한 형태로 가방에 오도카니 들어 있었다.

급식

벌써 올해도 연말이 코앞이다. 1년이 눈 깜짝할 사이였다.

"즐거운 일이 잔뜩 있었지!"

딸이 말한다. 그랬지, 하고 맞장구를 친 뒤에 물었다.

"이번 한 해 동안 뭐가 가장 즐거웠어?"

그러자 옆에서 아들이 말한다.

"그런 거 묻는 건 촌스럽지 않아? 즐거웠던 일에 순서를 매길 필요 따윈 없어."

네에, 실례했습니다. 그래서 질문을 좀 바꿔봤다.

"올 한 해 먹은 것 가운데 뭐가 가장 맛있었어?"

이 질문이라면 딱히 촌스럽지도 않겠지. 무엇보다 바로 내가 가족의 식사를 만들어왔다는 자부심이 있다.

"으음, 가시투성왕게일까."

갑자기 예상치 못한 대답이 나왔다. 여름에 네무로홋카이도의 동쪽 끝에 있는 시에서 먹은 게다. 가족 다섯 가운데 셋은 게를 잘 못 먹는다. 료칸에서 가족용으로 다섯 마리 나온 커다랗고 새빨간 게를 둘이서 깨끗이 해치웠다. 너무 많이 먹어서 배가 아팠지만 강렬한 추억이다.

"그치만 역시…… 급식일까."

급식? 고개를 갸웃거린 순간 무슨 말인지 알아차렸다. 마찬가지로 여름에 홋카이도에서 있었던 일이다. 도무라우시에 놀러 갔다. 2년 전 우리 가족이 1년 동안 살았던 곳이다. 동네에 있는 산장에 묵으며 아이들이 다녔던 학교에 들렀다. 도무라우시까지 갔다면 역시 추억의 학교에 얼굴을 내밀지 않을 수 없다. 간다고는 미리 전해뒀다. 이전과는 달리 교장 선생님과 교감 선생님을 비롯한 선생님 몇 분이 바뀌어서 조금 주눅이 든 채로 그리운 학교 건물에 발을 들여놓았다. 마침 4교시가 끝난 참이었다. 교장 선생님이 상냥하게 말씀하셨다.

"괜찮으시면 꼭 급식을 드시고 가세요."

물론 가족 모두가 그야말로 가시투성왕게처럼 얼굴이 붉어져서 양손을 내저으며 사양했다. 초등학생과 중학생을 합쳐서 열다섯 명인 학교다. 거기에 가족 다섯 명이 갑자기 합류

하면 급식이 부족해지고 만다. 당연한 말이지만 급식비도 내지 않았다.

"괜찮아요, 얼른 오세요. 오늘 오신다고 들어서 충분히 많이 만들어뒀으니까요."

우리는 얼굴을 마주봤다. 정말일까. 신경 쓰이게 하지 않으려고 거짓말을 해주는 것일지도 모른다. 하지만 그렇다 해도 호의를 감사히 받아들여도 될 듯한 기분이 점점 들었다. 재학생들이 환하게 웃는 얼굴로 손짓하며 부르고 있었다.

1년 반 전까지 함께 배우고 함께 놀던 아이들이다. 우리 집 세 아이도 커다란 식탁에 섞여 앉아 서로 근황을 이야기하고 웃으며 즐거운 한때를 보냈다. 메뉴는 볶음밥과 건더기가 가득한 채소국. 디저트에 솜씨가 발군인 조리사 선생님들이 직접 만든 푸딩까지 세 아이에게 하나씩 돌아가도록 준비해주셨다. 모두의 마음이 기쁘고 고마웠다.

"그 급식이 올해 최고의 음식이야."

이의 없음. 좀처럼 잊지 못할 급식이었다.

기다리며 먹는 밥

단것이라도 먹으면서 기다릴까요.

그 말을 듣고 담당 편집자들과 넷이서 긴자의 전통 찻집에서 진을 쳤다. 내가 쓴 『양과 강철의 숲』이 후보로 오른 나오키상 대중소설에 수여하는 일본의 권위 있는 문학상 심사회의 결과를 기다릴 때의 일이다. 만에 하나 상을 받으면 곧장 데이코쿠 호텔에서 열리는 기자회견에 가야 한다. 그래서 걸어서 금방인 긴자. 가게 위치가 딱이다. 어째서 단것을 먹게 되었는지는 알 수 없었지만, 분명 단것도 좋겠다고 생각했다.

근사한 가게였다. 편집자가 안쪽 자리를 예약해줘서 살그머니 가게 구석에서 메뉴판을 펼쳤다. 화과자가 있고 차가 있다. 종류가 풍성해서 관심이 갔다. 넷이서 머리를 맞대고 자세히 살펴본다. 만주로 할까, 네리가시반죽한 분말을 굳혀서 만든 과자류로 할까, 단팥죽으로 할까. 차는 무엇이 어울릴까. 좀처럼 정하지 못했다.

저녁 5시가 지나 있었다. 심사회는 이미 시작되었다. 결과가 나오기까지 대체로 늘 두 시간쯤 걸린다고 한다. 아침에 눈보라가 휘몰아치던 후쿠이를 떠나 도쿄로 오는 신칸센 안에서 일찌감치 매점 도시락을 사 먹은 것이 마지막이었다. 배가 고팠다. 앞으로 두 시간을 단것만으로 버텨낼 자신이 슬슬 없어졌다. 눈 딱 감고 말해봤다.

"식사를 해도 되나요?"

그러자 편집자가 생긋 웃었다.

"저도 사실은 배가 고팠어요."

그 가게를 예약해준 편집자도 말했다.

"그럼 먹을까요. 혹시라도 침착하게 식사하실 수 있는 기분이 아닐까 봐서요."

그는 나를 배려해줬던 것이다.

하지만 나는 완전히 침착했다. 소설은 쓰는 기쁨이 크기 때문이다. 몇 번이나 기쁨을 느끼면서 소설을 완성하고, 그것이 책이 되어 독자를 만난다. 재미있었어, 좋았어, 라는 말을 듣는 것도 커다란 기쁨이다. 그러나 쓸 때의 순수한 기쁨과는 질이 조금 다르다. 상이라 하면 더욱 다르다. 받으면 기쁘겠지만 타기 위해 쓰는 것은 아니라고 나는 생각한다. 쓰는 기쁨에 비하면 상은 덤 같은 것이다.

"미야시타 선생님이 침착하셔서 다행이에요."

그렇게 말하는 편집자는 평소와 달리 안절부절못했다. 내 몫까지 긴장하고 있는 거겠지. 덕분에 나는 평온한 마음으로 떠들고 웃으며 밥을 먹을 수 있었다.

두 시간은커녕 세 시간 가까이 기다린 끝에 겨우 전화가 울렸다. 낙선 통지였다. 고맙습니다, 하며 전화를 끊었다. 기대해줬던 편집자들에게는 미안하지만 딱히 유감스럽다는 기분은 안 들었다. 이걸로 좋다고 생각했다. 지금은 아직 상을 안 받아도, 쓰는 기쁨만으로 충분히 해나갈 수 있다.

"고맙습니다."

다시 한번 마음을 담아 감사 인사를 했다. 마지막까지 침착함을 잃지 않았던 나는 꽤 훌륭했을지도 모른다.

지금 전통 찻집에서 먹은 추억의 식사에 대해 쓰려다가 깨달았다. 그날 밤 심사 결과를 기다리며 무엇을 먹었는지 전혀 생각이 안 난다는 것을.

해피 찬스

여행지의 쇼핑몰 스피커에서 흘러나온 음악에 발걸음이 멈췄다. "앗"인지 "엇"인지, 감탄과 경탄의 딱 중간일 법한 소리가 튀어나왔다. 제목이 뭐였는지 생각이 안 난다. 누가 불렀더라, 언제 이 노래를 들었더라. 뇌가 따라가기 전에 기분이 확 밝아지는 느낌이 들었다.

중학교 3학년 3학기일본의 학교는 대체로 1년을 세 학기로 나눈 3학기제를 채택하고 있으며 3학기는 1월부터 3월이다, 고등학교 수험을 코앞에 둔 시기에 체육 수업에서 창작 댄스를 췄다. 선생님이 준비한 몇 가지 곡은 명백하게 구닥다리였다. 시골 중학생이 창작 댄스에 쓰기에는 문제없으리라 여기며 몇 년이나 같은 곡을 돌려썼을 것이다. 눈이 잦은 해여서 날이면 날마다 쏟아졌고, 그 뒤에는 수험이 기다리고 있었다. 게다가 따분한 음악에 맞춰 춤을 추며 발표해야 한다. 의욕은 눈곱만큼도 생기지 않았다.

그런 가운데 댄스 발표회 전날 한 여학생이 좋은 곡을 발견했다고 속삭였다. 그녀의 테이프를 학교의 테이프 리코더로 몰래 틀어봤다. 깜짝 놀랄 정도로 밝고 귀여운 곡이 튀어나왔다. 즉시 우리는 얼굴을 마주보며 고개를 끄덕였다. 두말할 것 없이 그 곡으로 춤추기로 결정했다.

추기 어려웠다. 템포가 빨라서 따라가는 것만으로 벅찼다. 안무를 고심할 여유도 없었다. 하지만 즐거웠다. 엄청나게 즐거웠다. 우리는 하룻밤 만에 완벽하게 출 수 있도록 각자 집에서 거듭 연습해서 다음 날 발표에 임했다.

발표회는 엉망진창이었다. 선생님이 준비했던 곡을 쓰지 않았으니 친구의 테이프를 틀었지만 음질이 나쁘고 잡음이 심했다. 그것을 큰 음량으로 틀었다. 나이 지긋한 선생님이 체육관 구석에서 두 손으로 귀를 막고 있는 모습이 보였다. 게다가 시간을 들여 구성을 짠 춤과는 달리 우리는 하이라이트 대목을 만들 틈도 없었다. 우리는 깨질 듯한 음악 속에서 그저 미친 듯이 계속 춤췄다.

나중에 호되게 혼났다. 그런 건 창작 댄스가 아니라며 체육 선생님은 분개했다. 그래도 당연히 우리는 눈곱만큼도 나쁘다고 생각하지 않았다. 그때의 기억이 한꺼번에 머릿속으로 확 넘쳐흘렀다. 그립네, 생각한 뒤에야 겨우 아아, 지금 스피커에서 흘러나온 이 노래 때문이다, 하고 깨달았다. 그때의 곡이었다. 음악의 힘은 굉장하다. 순식간에 그 시절로 데려가준다. 이제까지 떠올린 적도 없었던 친구의 웃는 얼굴과 그해의 눈, 선생님의 성난 목소리, 그런 세세한 부분까지 되살아나게 한다.

그날 학교에 남아 늦게까지 연습했던 탓에 귀가가 늦어져 집에서 혼났다. 혼난 뒤에 귤을 먹었던 것을 어렴풋하게나마 떠올렸다. 추운 겨울날이었다. 그때 뭔가 더 강렬한 것을 먹었다면 분명 그 음식으로도 발표회 전날 밤의 흥분을 떠올릴 수 있었겠지. 유감스럽게도 귤은 내 인생에 너무 자주 등장해서 귤에서 특별한 추억을 이끌어내기는 어렵다.

한 입 먹은 것만으로 무언가를 떠올리는 체험은 드물지 않다. 음악의 힘과 비슷하게 음식의 힘도 크다. 그런데도 하필이면 귤을 먹었다. 늘 먹는 귤로는 그리운 기억이 되살아날 확률이 낮다. 귤로 추억을, 그 밤의 흥분을 언제든 되살릴 수 있다면 좋을 텐데. 행복한 기억으로의 접속은 행복하게 살아갈 찬스 같은 것이다. 아참, 생각났다. 그 노래의 제목은 Bucks Fizz의 〈꿈의 해피 찬스夢のハッピーチャンス〉원제는 〈Making your mind up〉. 일본에서는 1982년 당시 〈꿈의 해피 찬스〉라는 제목의 싱글 앨범으로 발매되었다였다.

사반세기 만의 국

서점 이벤트가 있어서 가족 모두가 모리오카이와테현의 현청 소재지에 갔다.

6년 만에 네 번째로 가는 모리오카다. 처음 간 것은 아직 어릴 때라서 완코소바이와테현의 명물 소바. 한 입 분량의 소바를 손님이 다 먹을 때마다 종업원이 옆에서 계속 채워준다를 먹은 기억밖에 없다.

두 번째로 간 것은 20대 때. 남부텟키南部鉄器이와테현의 전통 공예품에 반해서 공방을 찾아가 견학했다. 정신없이 구경하다가 문득 시계를 보니 열차 시간이 다가와 있었다. 역까지 택시를 탔는데 운전사가 냉면은 먹었느냐고 물었다. 안 먹었다고 대답하자 그러면 안 된단다. 모리오카까지 와서 냉면을 안 먹으면 안 된다고. 맛있는 가게가 있다면서 데려가더니 속는 셈치고 국도 주문해보라고 했다. 혹시 운전사가 이 가게 주인의 친척이나 관계자가 아닐까 의심했다.

그런데 냉면은 맛있었다. 국도 훌륭했다. 걸쭉한 흰 국물에 소꼬리가 얼굴을 내비치고 있었다. 먹어본 적도 없을 정도로 부드러운 맛이었다. 시간도 마음의 여유도 없어서 가게 이름을 제대로 기억해두지 못했던 게 나중에 후회되었다.

세 번째는 초등학생 아이들을 데리고 가족 여행을 했던 6년 전이다. 그때의 국을 다시 한번 먹고 싶어서 점찍어둔 비슷한 가게에 가봤다. 세 군데 둘러봤지만 모두 아니었다.

그리고 이번이 네 번째. 이미 두 번째 방문 이후 사반세기가 지났다. 반 이상 포기하고 있었다. 내 마음속에서 환상의 국으로 점점 광채를 더해가는 그 국과는 분명 이제 만나지 못하겠지.

그렇게 생각했는데 놀랍게도 찾아내고 말았다. 일정을 너무 많이 잡아서 약간 지쳤을 때 특별한 기대 없이 역 근처의 고깃집에 들어갔다. 국을 떠먹고 깜짝 놀랐다. 그 맛이었다. 그렇게 확실히 알아차린 데도 놀랐고, 그때까지 예감 비슷한 것이 전혀 들지 않았다는 데도 놀랐다.

내가 흥분해서 가족들도 놀란 모양이었다. 일의 전말을 설명하려 했지만 이야기가 길어져서 잘 정리되지 않았다. 아이들은 흥미 없다는 듯한 표정을 짓고 있다.

"여하튼 먹어봐. 이 국, 먹어봐."

그렇게 권하자 남편도 아이들도 그 하얀 국을 한 입 떠먹더니 깜짝 놀란 얼굴이다.

"뭐야 이거, 엄청 맛있어."

거 봐, 내 말 맞지.

"20대 시절 모리오카에 왔을 때 택시 기사님이 데려와주셔서 먹고 감동했던 맛이야."

나도 모르게 자랑했지만 가족들은 맛있게 국을 먹으면서 이다지도 맛난 국을 계속 만들어온 이 가게는 대단하다는 둥, 그 택시 기사님이 고맙다는 둥, 저마다 칭찬할 뿐 계속 찾아다닌 나는 아무도 대단하다고 여기지 않는 것 같았다.

가족들이 바닥까지 마셔버려서 또 한 그릇 새로 주문했다. 역시 믿을 수 없이 맛있었다.

4월의 빙수

바람이 따스해지고 새싹이 싹트고 물빛 하늘이 밝아지기 시작하면 슬슬 꽃놀이 계획을 세울까 하며 기분이 들뜬다.

겨울 내내 납빛 하늘 아래에서 지내는 호쿠리쿠 사람에게는 봄의 방문이 매우 고대되는 일 중 하나다. 겨울을 좋아하고 구름 낀 하늘을 좋아하는 나조차 기나긴 겨울 뒤의 푸른 하늘에는 마음이 설렌다.

하지만 그해는 이상했다. 가족끼리 홋카이도의 산속으로 이사 간 그 봄. 가재도구를 실은 하이에이스도요타에서 나온 승합차 모델명에 가족 다섯 명이 타고 눈이 남아 있는 산을 올라갔을 때의 일을 지금도 생생하게 기억한다. 4월로 들어섰는데도 예상했던 것보다 추웠다. 그리고 예상했던 것보다 눈이 더더욱 많았다. 목적지인 산속 집에 도착하자 차가운 공기에 뺨이 팽팽해지는 것 같았다.

추위에도 익숙해졌나 생각했던 어느 아침, 일어나 보니 눈이 오고 있었다. 허겁지겁 창문으로 내다보니 밖은 새하얗다. 이미 4월도 끝나려 하는데 완전한 설경이었다.

깜짝 놀라서 곧바로 딸에게 말해줬다. 딸은 당시 열 살. 겨울을 좋아하고 눈도 무척 좋아하는 딸이다. 몹시 기뻐하며 둘이서 밖으로 뛰쳐나갔다.

밖에는 먼저 온 손님이 있었다. 옆집 사람이 이미 스키복을 껴입고 집 앞에서 하늘을 올려다보고 있었다.

"안녕하세요."

이웃은 생글생글 웃고 있었다. 눈에 신바람이 난 우리를 보고 "맞다, 잠깐 기다려봐요" 하며 집으로 들어갔다. 잠시 후 돌아온 그의 손에는 그릇과 숟가락, 그리고 시럽이 들려 있었다. 그릇은 비어 있었다. 무엇을 하는 걸까 싶어서 지켜보고 있었더니 갓 쌓인 새하얀 눈을 펐다. 그릇에 폭신폭신한 눈의 산이 생겼다. 거기에 초록색 시럽을 휘둘러 뿌렸다.

"맛있어요."

이웃은 나와 딸에게 그릇을 내밀었다.

"괜찮아요. 이런 산속에 내리는 눈은 깨끗하니까요."

주뼛주뼛 입으로 가져가사 사삽고 폭신폭신한 최고의 빙수였다.

"4월의 눈은 특히 맛있답니다."

우리는 얼굴을 마주봤다. 계절에 따라 눈도 맛이 달라지는 걸까?

"한겨울의 눈은 가루눈이니까요. 바슬바슬해서 시폰케이크 같아요. 이 계절의 눈은 폭신하니까 입안에서 사르르 녹지요. 빙수로는 최고랍니다."

빙수는 한여름에 먹는 것이라고 생각했지만, 그러고 보니 홋카이도 사람은 겨울에 후끈후끈하게 데운 방에서 아이스크림을 먹는다. 4월, 쾌청하지만 새로운 해가 시작되어 조금 불안정하기도 한 이 계절에는 입안에서 덧없이 녹는 빙수가 꼭 맞는 느낌이 들었다.

그로부터 4년. 4월이 되면 떠올린다. 나중에 나중에 내리는 빙수. 후쿠이의 벚꽃길 건너편으로 펼쳐진 물빛 하늘 위에도 눈이 흩날리고 있는 게 아닐까 하고, 무심결에 딸과 함께 하늘을 올려다본다.

독자 모임 메뉴

독자 모임이라는 것을 하게 되었다. 내가 쓴 『신들이 노는 정원』(권남희 옮김, 책세상, 2018)이라는 책을 읽고 감상이나 의견을 주고받는 모임이다. 거기에 저자도 참가한다. 처음 있는 일이었다. 혹시라도 소설 독자 모임이라면 저자는 안 가는 편이 좋을 것이다. 소설은 소설로서 세상에 나온 순간부터 하나의 세계이며, 저자와 그가 일단 손을 뗀 소설 사이의 거리는 독자와 소설 사이의 그것과 크게는 다르지 않으리라 생각한다.

하지만 이 책은 소설이 아니다. 내가 홋카이도 도카치의 산속으로 가족과 함께 옮겨 가서 살았던 1년 동안의 기록이다. 쓰여 있는 것은 전부 사실이지만 쓰여 있는 것이 전부도 아니다. 읽어주신 분이 그곳은 실제로는 어떤 느낌일까? 생각하며 질문한다면 그에 대답할 수 있다. 그 대답을 듣고 다시 한번 읽어준다면 재미있을 수도 있겠다고 생각했다. 예를 들어 집 앞까지 에조사슴이 오는 건 어떤 기분이냐고 물으면 그때 찍은 에조사슴의 시치미 떼는 얼굴 사진을 보여줄 수도 있다. 책에는 쓰지 못했던 지극히 개인적인 일화도 조그만 목소리로라면 이야기할 수 있다.

모처럼이니 참가자 한 사람 한 사람과 대화가 가능하고 얼굴과 이름을 기억할 수 있는 정도의 인원수가 좋겠다고 생각했다. 맛있는 밥을 먹으면서라면 더욱 좋다. 기획해준 친구가 이곳 후쿠이의 작은 레스토랑과 의논해서 점심 두 시간을 전세 내기로 했다.

공고롭게도 당일은 눈이 왔지만 여기저기서 참가자들이 와줬다. 꽤 멀리서 특급열차를 타고 달려와준 분도 있다. 그것만으로도 이미 나는 충분히 기뻤다. 그런데 가게에 도착해서 손으로 쓴 메뉴판을 받고 깜짝 놀랐다.

"쌀쌀해서…… 차가운 진저에일은 하나도 팔리지 않았다 저자의 가족들은 9월의 학교 축제 때 진저에일 부스를 열었지만 추워서 전혀 팔리지 않았다."(『신들이 노는 정원』, p.150)

— 일단은 직접 만든 차가운 진저에일로 건배!

"적당히 반죽해서, ……적당히 구우면 적당히 맛있게 완성될 것이다."(위 책, p.69)

— 바꽃미나리아재빗과 바꽃류의 통칭으로 맹독이 있다. 저자는 바꽃을 쑥으로 착각하고 뜯어서 빵으로 만들 뻔한 적이 있다으로 만들 뻔한 쑥빵을 드셔보세요.

책에 나오는, 내가 만들거나 먹은 음식이 재현되어 있었다. 책에는 한정된 식재료로 궁리해서 만든 음식이나 그 산속이기 때문에 먹을 수 있었던 음식 등이 몇 가지나 등장한다. 그 가운데서 제한된 예산으로(한 사람당 1천 엔!) 메뉴를 정하려면 틀림없이 머리를 굴렸을 것이다.

압권은 디저트였다. 메뉴판에는 디저트가 없었다. 무엇보다 예산 안에서 이만한 음식을 만들었으니 디저트를 만들 여유까지는 없었으리라 생각했다.

예쁜 접시에 담겨 나온 것은 새하얀 빙수였다.

"사실은 본문에 나온 대로 멜론 시럽을 뿌리고 싶었는데 못 구했어요."

스푼으로 떠서 입에 넣으니 달착지근했다. 멜론 맛보다 맛있게 느껴졌다. ……응? 멜론 시럽? 빙수? 설마!

고개를 들자 오너 셰프는 생긋 웃었다. 책을 참조한다면 내가 산속에서 멜론 시럽을 뿌려 먹은 것은 분명 도카치의 산에 쌓인 새 눈이었다.

"오늘 아침에 마침 눈이 쌓여서 다행이었어요."

가게의 창문으로 보이는 제방에서는 아이들이 썰매를 타는 모습이 보였다.

"괜찮아요, 아직 아무도 밟기 전에 눈을 떠왔으니까요."

그는 자랑스레 가슴을 폈다.

황금색 잼

벌써 오래전부터 한 달에 딱 한 번 만나는 할머니가 있었다. 처음에는 집에 정기적으로 오는 소포를 배달해주는 분으로서 만났다. 연세가 어떻게 되셨을까. 적어도 70대 후반은 되어 보이는, 몸집이 아주 작고 늘 볕에 타 있던 할머니였다. 종종 이야기를 나누게 되었고, 그러다가 직접 건어물을 만들기도 하고 단무지를 잔뜩 절이기도 하신다는 것을 알았다. 그것은 지금 유행하는 '공들여 생활하기丁寧に暮す 식재료를 직접 길러서 먹거나 살림살이를 정갈하게 유지하는 등 생활 전반에 공을 들이는 라이프 스타일을 일컫는 말'를 의식하며 하는 행동은 당연히 아닐 터다. 생활의 지

혜이자 습관으로서 행하는 풍규의 오랜 세월 숙달된 행동이었다.

한 달에 한 번 만날 뿐, 그것도 처음에는 날씨에 관한 대화 정도만 나누는 사이였으니 제대로 이야기를 들은 적은 없다. 하지만 언젠가 마당에서 딴 과일을 조려서 잼으로 만드는 이야기를 해줬다. 같은 계절에 수확하는 과일이라면 무엇이든 함께 조려도 괜찮다고 가르쳐준 사람도 이 할머니였다. 정말 그럴까 의심했다. 같은 계절에 마당에서 수확하는 과일을 전부 한 냄비에 넣고 조리다니, 너무 대충이지 않은가. 하지만 집에서 조리는 잼은 그 정도가 만들기 쉬워서 오랫동안 계속할 수 있는 걸까, 감탄도 했다.

소포 배달을 부탁하지 않게 되자 할머니는 집에 오지 않았다. 그런데 어느 날 문을 열었더니 할머니가 있었다. 작은 병을 하나 들고 왔다.

"입에 맞을지는 모르겠지만."

할머니는 소탈한 어조로 말했다.

"우리 집 마당의 과일로 만든 잼이에요."

금귤과 하귤, 팔삭귤의 한 종류에 유자. 햇빛을 통과한 작은 병은 황금색으로 빛나고 있었다. 혹시라도 황금색 보석이 있다면 분명 이런 모습일 것이다. 뚜껑을 열고 또 놀랐다. 황홀해질 정도로 좋은 냄새였다. 과일을 어떤 비율로 섞었는지 모르겠고, 어쩌면 할머니도 정확한 비율을 계량하지는 않았을 수도 있다. 기적의 잼이라고 생각했다.

할머니는 해마다 한 병씩 잼을 가져다주게 되었다. 그래서 깨달았는데, 그 맛은 기적이 아니었다. 매년 조금씩 바뀌기는 해도 늘 황홀하게 맛있었다.

무엇을 답례로 드리면 좋을지 알 수 없었다. 맛있기로 소문난 과자를 준비하거나 술을 사보기도 했다. 너무 비싼 물건으로 답례하면 오히려 멋없는 느낌이었고, 그렇다고 직접 만든 것을 건넬 자신도 없었다. 매년 망설였다.

지난해, 할머니는 오지 않았다. 나도 바쁘게 지내고 있었으니 어딘가에서 엇갈렸을 수도 있다. 하지만 생각해보니 어디서 사시는지도 몰랐다. 주소뿐만 아니라 할머니의 개인 정보는 거의 아무것도 몰랐다.

의지할 것은 마당에서 딴 과일잼뿐. 슬슬 감귤류의 꽃이 피는 계절이다. 마당에 하얀 꽃이 흐드러지게 핀 나무가 있는 집을 찾아서 동네를 거닐어볼까 한다. 나는 아직 할머니에게 아무것도 되돌려드리지 못했다.

짧은 소설

바다거북 수프

벚꽃 잎이 회오리바람을 타고 베란다에서 나풀나풀 흩날리고 있다. 하늘은 물빛으로 개어서 눈이 부시다.

밖은 이렇게 밝은데 기분은 어둡다. 따스한 봄 햇살이 전에 없이 서먹하게 느껴진다. 무엇 때문인지 알 수 없었다. 화창해서 마음 설레어야 마땅한 봄날의 하루. 고민이 있는 것도 아닌데. 오히려 만사가 잘 풀리고 있다 해도 좋을 정도인데.

지난달 생각지 못한 통지를 받았다. 일러스트 공모전에서 내 작품이 대상을 받았다는 통지였다. 생각지 못했다기보다 바라지도 않았던 수상이라서 한동안 믿을 수 없었다. 미대를 졸업한 뒤 10년 가까이 일러스트나 그림 작업을 해왔고, 그것만으로는 먹고살 수 없으니 가끔 아르바이트도 하면서, 그래도 이렇게 좋아하는 일러스트를 그려서 살아갈 수 있으면 좋겠다고 생각하던 참이었다. 대상 수상은 참 근사한 소식이었다.

믿을 수 없다고 생각했지만 본가의 부모님과 여동생, 친구와 지인에게도 축하 전화나 메시지가 와서 점점 수상이 꿈은 아니었다고 생각하게 되었다. 빨래를 널다가 문득 상 받은 것을 떠올리고는 "앗싸!" 하며 주먹을 불끈 쥐고 조그맣게 환호한 적도 있었다.

그것으로 끝날 일이었다. 상을 탔다고 해서 세계가 바뀌는 일은 있을 리 없다고 생각했다. 하지만 무언가가 조금 바뀌었다. '세계'는 아닐지도 모른다. 내 주위, 눈에 들어오는 것이 아주 조금 밝아진 기분이다. 갑자기 시야가 트인 느낌. 그러자 바깥쪽이 밝아진 만큼 안쪽이 어두워졌다. 내 안의 다른 경치도 눈에 들어오고 말았다.

카페 아르바이트를 했던 내가 봄빛 아래에서는 건강하고 천진난만해 보인다. 아르바이트를 하면서라도 일러스트를 계속 그릴 수 있다면 좋겠다고 생각했다. 그것은 진심이었을까. 그 아르바이트는 일러스트에만 전념하고 싶은데 그럴 수 없는 나 자신을 위한 연막 같은 게 아니었나.

아르바이트를 하는 것은 생활뿐만 아니라 사회와 접점을 갖기 위해서라고도 분명 생각했는데. 사실은 일러스트만 그리면서 살아가고 싶었다. 집에 틀어박혀서 일러스트만 그릴 수 있다면 좋겠다. 아르바이트를 하는 시간이 아깝다. 속으로는 내내 그렇게 생각하지 않았던가.

얇은 막이 드리워져 있어서 어렴풋하게만 보이던 것이 감촉까지 느껴지게 되었다. 내 속은 의외로 거칠거칠했다. 상을 받은 충격으로 그 막이 걷힌 것이다. 여세를 몰아 아르바이트를 그만뒀다. 이제야 내가 시작된다.

드디어 이곳에서 살아갈 수 있는 티켓을 손에 넣은 듯한 기쁨과 두려움이 있었다. 이제 원래의 흐리멍덩한 곳으로는 돌아갈 수도 없고, 돌아가고 싶지도 않다.

오랫동안 근근이 일하게 해줬던 아르바이트처인 카페를 그만두고 집으로 돌아오는 길에 갑자기 마음이 흔들렸다. 부르르, 흔들리는 것을 실제로 느끼고 말았다. 딱 한 번 상을 받은 정도로 앞으로 일러스트를 그려서 살아갈 수 있을까. 아니, 지금 일러스트에 온 힘을 쏟아붓지 않고서 어쩔 셈인가. 아르바이트를 계속하면서 이를 전력을 다하지 못하는 변명으로 삼는 것은 불성실한 짓이 아닌가. 이런 일을 바랐던 것이라고 생각한다. 물러설 곳 없는 장소에서 온 힘을 다해 일러스트를 그린다. 그리해도 안 된다면 단념할 수 있을지도 모른다. 그렇게 생각하는데도, 돌아갈 곳이 없다는 것이 이렇게 불안할 줄이야.

모처럼 상을 받았는데도 어째서 이렇게 비관적일까. 언제까지고 흔들리겠지. 의기양양하게 좋아하는 그림을 그리면 좋을 텐데. 막이 걷히고 눈에 들어온 것은 보고 싶었던 광경일까, 그렇지 않을까, 그조차 모르고 있다.

"축하해. 이제 바빠지겠네."

이렇게 말해준 사람들에게 나는 웃어 보였다.

"분명 아무것도 안 바뀔 거야."

아무것도 바뀌지 않는다고 스스로에게 말하며 변하는 풍경을 필사적으로 붙들어두려 했다. 변하고 난 뒤에 무엇이 있을지 실눈을 뜨고 봤던 것일 수도 있다. 내 그림을 평가받고 싶다, 역시 대상이라고 칭찬받고 싶다. 그런 생각을 남에게는 들키지 않으려 했다. 소망이라기에는 너무도 세속적이라서 내가 나를 주체하지 못했다. 수상으로 인해 생겨난 새로운 욕망으로도 보였지만, 실은 언제나 평가받고 싶었던 것이다. 더 칭찬받고 싶다, 인정받고 싶다고 내내 바라왔다. 이쯤에서 대상을 받지 못했다면 점점 그 욕망이 부풀어 올라서 돌이킬 수 없는 곳에서 터져 사라져버렸을 수도 있다.

그리고 싶었던 그림을 앞으로는 실컷 그리는 거야. 그리고 싶은 마음은 언제나 중심에 있었는데, 하지만 시간이 없어서, 용기도 없어서 중심의 주변을 어슬렁거렸다. 이제 어슬렁거리지 않아도 된다. 그냥 그리고 싶은 것을 그린다. 그래도 된다고 보증을 받은 것이다. 기회가 눈앞에 있다. 그런데도 무섭다. 위기는 기회라고들 하지만 사실은 기회는 위기 아닐까.

축하해, 라고 숱하게 들었다. 고마워, 라고 숱하게 대답했다. 축하 선물도 잔뜩 받았다. 꽃이 오고 관엽식물이 왔다. 과일이 오고 와인이 오고 과자가 왔다. 고마워, 고마워, 그때마다 나는 대답했다.

이런 일은 흔하지 않다. 고마운 일, 기쁜 일. 정말로 고마운 일, 기쁜 일. 그런데도 내가 받은 축하가 마음속에 조금씩 쌓여갔다. 가령 결혼 축하 선물이라면 반값 정도의 답례품. 출산 축하 선물이라면 3분의 1 정도의 기준으로 고른다. 하지만 갑작스러운 수상 축하 선물에는 무엇을 되돌려주면 좋을지 몰랐다.

정확히 말하자면 생각해보면 알 수 있었을지도 모른다. 무엇을 되돌려주면 좋을지, 무엇을 되돌려줘야 하는지. 하지만 생각을 할 수 없게 되었다. 생각해야만 할 일이나 해야 할 일이 산더미처럼 쌓여 있어서 축하 선물 답례품을 고민할 여유가 남아 있지 않았던 것 같다.

되도록 분별 있게, 남에게 빚지는 일 없이 살아왔다고 생각한다. 하지만 스스로도 놀랄 만큼 나는 분별이 있지 않았다. 아무리 애써도 답례를 못한다. 받아서 기쁜 건 마음뿐이었다. 축하하는 마음. 그조차 무겁게 느껴질 정도다. 거기에 따라붙은 것이 무거웠다. 꽃은 예쁘지만 그것이 누군가의 마음과 함께 배송되어 내 방에 있으니 괴로웠다. 눈에 들어올 때마다 자랑스러운 마음도 들었지만, 아마도 순수하게 그저 예쁘다고 생각할 수 있었다면 좋았겠지. 자랑스러움이 섞이는 시점에서 나는 이제 꽃을 꽃으로서가 아니라 축하로서, 누군가의 기대가 담긴 덩어리로서밖에 볼 수 없게 되었다.

무언가를 되돌려주고 싶다. 하지만 축하 선물 답례로 어울리는 물건은 아무것도 떠오르지 않는다. 사실 돈도 없었다. 꽃이나 와인의 절반, 3분의 1이라 해도 열 몇 개가 되면 부담스럽다. 되돌려주지 않으면 더더욱 부담스럽다. 꽃이 눈에 들어올 때마다 눈가가 찌릿찌릿 은색으로 빛났다. 압박으로 찌부러질 것 같았다. 이런 기분이 들 거라고는 남들은 분명 짐작도 못하겠지. 나 역시 그렇다. 더 강할 줄 알았다. 상을 받다니, 꿈꿨던 일이다. 축하를 받아서 괴로우리라고는 생각지도 못했다.

“과자를 굽는 거야.”

팔꿈치를 괴고 홍차를 마시던 여동생이 말했다.

외갓집에서 잔뜩 보내줬다는 산나물을 일부러 갖다주러 왔다. 혼자 사는 집 부엌에 고사리와 고비 등이 무료하다는 듯 늘어서 있다.

"과자를? 굽는다고? 지금?"

되물었다.

"카페에서 아르바이트를 했다면 과자를 어떻게 굽는지도 봤겠지? 과자가 아니라 요리도 괜찮을지 몰라. 하지만 과자가 포장해서 주기 쉬우니까."

"무슨 얘기야?"

"응? 답례품 고민 중인 거 아니야?"

얼굴을 든 여동생의 눈에는 웃음기가 어려 있는 듯했다.

답례품으로 구운 과자를 권하는 모양이다. 어이가 없어서 멀뚱멀뚱 여동생을 본다. 직접 구운 과자를 축하 선물 답례품으로 보낼 수 있는 사람은 프로 파티셰뿐이지 않을까. 답례품으로 과자를 구우려면 대체 어느 정도로 시간과 품이 들까.

"도와줄까?"

분명 웃고 있었던 갈색 눈이 어느 틈에 진지해진 것처럼 보였다. 무슨 영문인지 모르겠다.

"도와준다니 고마운데 말이야."

그 뒤로 어떻게 말을 이어야 할지 알 수 없었다. 혹시 여동생은 아무것도 모르는 게 아닐까. 수상 축하를 해준 사람들에게 직접 만든 과자를 답례로 준다는 건 사회의 상식에서도 벗어난 것 같은데.

이 아이는 옛날부터 좀 너무 천진해서 내가 흠칫할 때가 종종 있었다. 어리고, 사랑스럽고. 그러면 자동적으로 여동생은 더더욱 여동생다워질 수밖에 없다.

의아해하면서 그런 생각을 하는 것이 전해졌을 테지. 여동생은 희미하게 한숨 비슷한 것을 내쉬더니 눈을 내리떴다.

"과자를 굽다 보면 커스터드 크림이 될 수 있을 것만 같아."

나한테, 라기보다 자기 자신에게 말하는 것처럼 보였다.

"다정하고 좋은 사람처럼 느껴지거든."

"누가?"

물었더니 여동생은 별것을 다 묻는다는 듯 고개를 들었다.

"당연히 나지."

조금 무르지만 다정하고 좋은 사람이다. 그렇게 보이는 게 아니라 정말로 그렇다. 하지만 굳이 그 말을 입 밖으로 꺼내다니 왠지 분했다.

"언니, 같이 과자 굽자. 여러 가지를 용서할 수 있게 될 거야."

귀를 찌를 듯했던 용서, 라는 말을 겨우 피할 수 있었던 건 여동생이 평소대로 붙임성 좋은 미소를 띠며 나를 정면에서 들여다봤기 때문이다. 이제 곧 서른 살로는 전혀 보이지 않는 동안에 갈색 눈동자로 코끝에 주름을 만들며 활짝 웃는다. 나는 자신의 한심함을 용서하지 못하고 있었지만 이애와 함께 과자를 구우면 그런 것도 아무래도 상관없어질까.

“그래도 역시 과자를 구울 기력은 없어.”

내가 말하자 여동생이 웃으며 받아쳤다.

“기력이 있어서 굽는 게 아니야, 없으니까 굽는 거지.”

“아니면 요리로 할까. 엄청 손이 많이 가는 요리를 무아지경으로 만들 수 있으면 최고야.”

“그러니까…….”

손이 많이 가는 요리를 만들 기력도 없어. 그렇게 말하고 싶었다. 상 때문에 정말로 원하는 게 뭔지 알 수 없어졌다. 하고 싶은 일과 해야 하는 일은 겉과 속이 아니다. 바로 옆에 붙어서 분간하기 힘들게 나란히 있다. 기쁜 마음과 귀찮은 마음도 등을 맞댄 사이다. 아주 조금만 영향이 있어도 어느 한쪽으로 넘어지고 만다. 그것을 원래 위치로 되돌리기 위해 필요한 의식. 그것이 여동생에게는 과자 만들기나 요리일지도 모른다.

“그럼, 지금 할까.”

여동생은 장난꾸러기 같은 동글동글한 눈을 내 쪽으로 돌렸다.

“머리로 생각하는 것보다 빨라. 같이 뭔가 만들자. 빵 반죽을 하면 머리를 비울 수 있어. 보글보글 뭘 끓이는 것도 효과가 있고. 어쩔래?"

그렇게 말하며 컵을 두고 일어서서 부엌 쪽으로 걸어간다.

"잠깐만, 싱크대에 설거짓거리도 남아 있는데."

허둥지둥 일어난다.

"괜찮아, 괜찮아. 이런 건 기운 있는 사람이 척척 해치우면 돼. 언니는 콧노래라도 부르면서 거기서 기다려."

"기운…… 있는데, 나 기운 넘치는데."

내 말을 여동생은 웃으며 가로막았다.

"기운 있는 사람은 나 기운 넘친다고 굳이 말 안 해. 설거짓거리도 쌓아두지 않고. 답례품 보내기도 망설이지 않지. 그런 데 쓸 에너지가 부족할 땐 누가 좀 도와주면 돼. 그뿐이야."

여동생은 쾌활하게 수세미에 거품을 내더니 접시와 컵을 씻기 시작했다. 물소리를 내면서 조금 목소리를 높인다.

"그래서 말이야, 밥그릇을 씻거나 뭔가 요리를 만들면 왠지 기분이 평온해져서 어느새 또 에너지가 차오르거든. 지금 언니는 아마도 그보다 앞 단계에 있는 거겠지."

"하지만 난 기운이 없으면 이상한데. 꿈꿨던 상을 받았고, 모두에게 축하도 받았고, 만족스럽고, 앞으로 분명 열심히 해야 하는데."

그렇게 말하자마자 생각지도 못하게 눈물이 한 방울 흘

러나왔다. 스스로가 울고 있다는 것을 몰랐다. 황급히 왼쪽 손등으로 닦았다.

여동생은 수도꼭지를 잠그고 내 쪽을 바라봤다.

"이상한 거 아니야. 기쁜 일에도 마음은 깜짝 놀라니까. 그래서 커다란 기쁨이 있고 나서는 그만큼 심하게 지치는 거야."

지쳤다는 생각은 못했다. 하지만 아아, 그렇구나, 지쳐 있었던 거구나 생각했다. 겨우 깨달았다. 나는 어지간히 지쳐 있었다.

괜찮을지도 모른다. 지금은 여동생의 호의를 받아들여서 잠깐 한숨 돌려도. 그렇게 생각했더니 또다시 눈물 한 방울이 떨어져서 슬쩍 훔친다.

남아 있던 홍차를 천천히 마시고 컵 너머로 여동생을 본다. 이 아이에게는 언제였을까. 과자 굽기에 몰두하거나 손이 많이 가는 요리를 만드는 데 집중하면서 마음을 가라앉힌 적이 분명 이애한테도 있었던 것이다. 어느 틈에, 라고 생각한다. 언제까지나 천진하고 사랑스러울 거라고 생각했던 여동생이, 어느 틈에 그런 장소에 서 있었던 걸까. 언제나 자신의 일로만 벅차서 그때 눈치채주지 못했던 나는 몹쓸 언니구나 생각했다.

"괜찮으면 뭐 좀 만들게. 산나물도 잔뜩 있고, 튀김은 어때?"

고마워, 하고 목소리라고 하기 힘든 웅얼거리는 소리가 나온다. 옆 의자로 옮겨 앉는다. 의자에 아무렇게나 놓여 있던 담요를 무릎 위로 펼친다. 오랜만이다. 늘 이 의자에 앉아서 무릎에 담요를 펼치고 일러스트를 그린다. 상을 받은 뒤로 여기에 앉지 못하게 되어서 마음이 어지러웠다. 보풀이 잔뜩 일어난 담요의 감촉이 익숙하게 포근했다.

무서웠던 것이다. 생각지도 못한 상을 받아서 내가 나 자신에게 지나치게 기대하고 말았다. 더 그릴 수 있을 거야, 더, 더, 하며 자신을 멋대로 몰아붙인 탓에 그리는 일이 무서워지고 말았다. 상을 받든 말든 나는 나다. 그릴지 모르지만 못 그릴 수도 있다. 솔직하게 그렇게 생각했던 시절의 마음이 중요했다. 그리고 싶은 것을 앞두고 어떻게 표현하면 좋을지 생각하고, 망설이고, 흔들리고, 그래도 좋을 대로 그리면 된다. 그런 마음을 잊어버리고 있었다.

"……바다거북 수프."

무심코 튀어나왔다. 손이 많이 가는 요리, 애정도 열정도 쏟아 넣은 요리. 내 안에서 그것은 찬란하게 빛나는 바다거북 수프였다.

"바다거북이라니, 그 큰 생물?"

"응."

"수프 이야기, 들어본 적 있는 것 같아."

여동생이 미간을 찌푸렸다.

“추리게임 같은 좀 섬뜩한 이야기였지. 그러니까, 아마도 조난당한 배에서 바다거북 수프를 먹고 살아남은 선원과 요리사 이야기.”

“아냐, 그 이야기가 아니야.”

하지만 그 섬뜩한 추리게임에서도 바다거북 수프는 생명을 유지시켜주는 한 그릇으로 나온다(레스토랑에서 바다거북 수프를 먹은 뒤 자살한 한 남자의 죽은 이유를 밝혀내는 추리게임에 관한 이야기. 남자는 예전에 바다에서 조난당했는데, 함께 있던 요리사가 그를 살리기 위해 인육을 넣은 수프를 '바다거북 수프'라고 속여서 먹인다. 목숨을 건진 남자는 훗날 레스토랑에서 바다거북 수프를 맛보다가 예전에 먹은 것이 인육 수프였다는 사실을 깨닫고 자살한다). 누군가를 살리기 위해 필사적인 마음으로 만든 수프를 단칼에 거절할 수는 없지 않을까.

“아.”

여동생이 크게 소리 질렀다.

“알았다, 옛날에 언니가 좋아한다고 했던 영화지? 바다거북 수프. 나도 빌려서 봤던 게 생각났어.”

그 기쁜 듯 웃는 얼굴을 보고 ‘바다거북 수프’로 무언가가 통했다는 것을 알았다.

이를테면 ‘기쁘다’를 표현하는 말은 무수할 것이다. 다양한 단어로, 다양한 표현으로 기쁨을 전하거나 받아들인다. 말이 아니라도 이런 웃는 얼굴이라면 감정이 고스란히 전해진다.

여동생은 어릴 때부터 잘 웃고 감정 표현에 능숙한 아이였다. 무조건 귀여웠다. 아마 조금은 샘도 났을 것이다. 샘났다는 것은 나도 그렇게 되고 싶다고 속으로는 바랐다는 뜻일지도 모른다. 가족에게도 언제나 여동생이 조금 더 사랑받는 느낌이었다.

나는 예전부터 과묵한 아이라는 말을 들었다. 애교 없는 아이라는 말도 들었다. 더 웃고 더 재잘거리면 좋을 텐데, 라는 말을 가족들한테 몇 번이나 들었다. 그러면 좋았을 거라고 지금은 진심으로 생각한다. 여동생처럼 웃을 수 있다면 그것만으로 다정한 마음도 전해졌겠지.

하지만 웃지 않아도, 말하지 않아도 족했다. 그림을 그리면 마음이 채워졌다. 사실은 나 자신만 채우는 게 아니라 내 그림을 본 누군가를 채우는 조각이 되고 싶었다. 그런데도 내 마음은 좀처럼 그림에 담기지 않는다. 애초에 담을 만한 무언가가 나한테는 없는 거라고 생각했다.

"〈바베트의 만찬〉이었지. 황홀해지는 식탁 장면."

주인공 바베트는 원래 솜씨 좋은 요리사였다. 신분을 감추고 혼란스러운 조국에서 달아나 망명한 그녀는 어느 작은 마을, 나이 든 자매의 집에서 가정부로 일한다. 마지막에 그녀는 자신을 숨겨준 자매와 마을 사람들을 위해 솜씨를 발휘해서 요리를 대접한다. 그 메뉴 가운데 바다거북 수프가 있었다. 과묵한 주인공이 하지 않은 말을 수프에 담는다. 많은 돈을 쓰고 연줄도 활용해가며 장만한 최고의 식재료로 만든 바다거북 수프. 소박한 식사밖에 몰랐던 마을 사람들은 처음에는 수상쩍게 여기지만 수프를 한 숟가락 떠먹고 눈이 휘둥그레진다. 무엇이 맛있는지 몰라도 느낌이 확 온다. 이 요리가 맛있다는 것을 알게 된다.

"그 수프, 진짜 맛있어 보였지. 그래서 영화를 본 뒤에 나도 그 수프를 먹고 싶다고 말했더니 엄마가 그러더라. 언니는 만들고 싶다고 했다고. 그때 아, 언니는 못 당하겠다 싶었어."

그런 말을 했던가. 그 수프를 만들고 싶다고 말했던 것은 기억나지 않지만, 내가 예전부터 그런 것을 동경했다는 점은 분명히 기억한다. 그리고 엄마가 그것을 알아차리고 있었고, 여동생에게도 전해졌다는 데 놀란다.

어떤 소리를 좋아하는지도 몰랐는데 누군가가 연주한 바이올린 음색에 매혹당하는 일 같은 것. 그것은 어쩌면 그때만 느낄 수 있는 소리일지도 모른다. 하지만 그때 확실히 가슴을 울린 소리. 귀로 들어와서 마음을 뒤흔드는, 한 방울 아침 이슬 같은 소리. 평소에는 떠오르지 않아도 우연한 순간 귓가에 되살아나 살아갈 마음을 지탱해준다.

소리든 맛이든 뭔가 그런, 가슴에 진실하게 와닿는 것만 동경했다. 칭찬받고 싶은 게 아니다. 인정받고 싶은 게 아니다. 내가 진짜 원하는 것을 갖고 싶었다. 바다거북 수프가 필요했다.

그런 그림을 그리고 싶다. 누군가의 마음에 가닿는 그림을. 힘에 벅차도, 잘되지 않아도, 과묵한 여자 요리사처럼, 난파선에서 살아남은 요리사처럼, 내가 믿는 길을 가자.

"근데 바다거북은 웬만해서는 구할 수 없을 것 같은데."

여동생이 웃었다. 덩달아 나도 웃었다. 활짝 열어둔 창으로 바람이 통한다. 아아, 기분 좋은 봄날이다. 가슴속 응어리가 어느새 가벼워졌다.

"고마워."

내가 말하자 여동생은 고개를 저었다.

"아직 아무것도 안 했어."

잃을 뻔했던 '그린다'는 행위가 내 안으로 휙 되돌아왔다. 또 언제 나가버린다 해도 괜찮아, 라고 말할 수 있다. 나한테는 아무것도 없을 수도 있지만 여동생의 웃는 얼굴과 담요, 오래된 영화와 기억, 누군가의 마음, 그런 여기저기 아로새겨진 조각들이 지탱해준다. 괜찮아, 라고 생각한다. 일단 바다거북 수프를 끓이자.

옮긴이의 말

먹는 것에 관한 이야기가 누구의 마음속에도

3년 전 7월에 아기가 태어났다. 이 작은 인간이 이유식을 거쳐 일반식을 먹기 시작하면서 내 머릿속에는 늘 끼니 걱정이 떠나지 않았다. 이 시기의 육아는 8할이 밥과의 전쟁. 뭐든 잘 먹는 아기라면 메뉴를 고심하는 것도 즐거운 고민이 될 텐데, 불행히도 나의 작은 인간은 어린이집에서도 가장 편식이 심한 아이였다.

분초를 아껴가며 아이가 하원하기 30분 전까지 일을 하고, 그러면서 동시에 오늘은 대체 무슨 반찬을 만들어야 하나 고민하고, 후다닥 요리한 뒤 아이를 데려와 밥을 먹이려 하면 대부분은 맛도 보지 않고 매몰차게 식판을 밀어 내거나 고개를 돌렸다. 입에라도 좀 넣어보고 거부하면 내 음식이 맛이 없어서 그런가 보다 납득이라도 했을 텐데. 아이에게는 엄마가 얼마나 정성을 들였는지, 얼마나 없는 시간을 쪼개어 만들었는지 따위는 눈곱만큼도 중요하지 않았고 그것은 매번 줄지 않는 위력으로 나를 좌절시켰다.

절망을 거듭하다가 어느 순간 아기 반찬은 절대로 직접 만들지 않겠다고 결심했다. 내가 만든 음식을 내 손으로 하수구에 버리는 것보다 남이 만든 음식을 버리는 것이 가슴이 덜 아플 테니까. 아기 반찬에서 손을 떼자 어른 반찬도 하기 싫어졌다. 반찬가게와 레토르트 국과 배달음식으로 우리 식구의 모든 식사를 해결했다. 그렇게 나는 요리를 하지 않는 사람, 살기 위해 대충 먹는 사람이 되었다.

삶의 의욕이란 본인도 모르는 사이에 서서히 사라지는 것이었다. 식욕이 없어지자 만사가 다 시들해졌다. 시들한 와중에 이 책을 번역하기 시작했다. 연어구이 도시락, 오세치 요리, 바움쿠헨, 무와 가리비 샐러드, 크럼블을 올린 애플파이, 물양갱, 라쿠간……. 생소한 요리는 레시피를 찾아가며 조리 과정을 상상했다. 익숙한 요리도 그때그때 이미지를 검색하며 맛을 떠올려봤다. 그러던 어느 날 이상한 일이 일어났다. 아주 오랜만에, 내 손으로 뭔가를 만들어 먹고 싶다는 생각이 들었던 것이다.

파 기름을 내고 다진 돼지고기와 청경채와 가지를 볶았다. 굴소스와 간장으로 간을 맞췄다. 만드는 데 10분도 채 걸리지 않는 간단한 요리였지만 너무도 맛있어서 단번에 밥 한 공기를 비웠다. 과연 음식과 삶은 떼려야 뗄 수 없는 관계였다. 집 나갔던 식욕이 되돌아오자 삶의 의욕도 조금씩 회복되었다. 아기 반찬 만들기에는 여전히 손을 못 대었지만 혼자 먹는 점심만큼은 이런저런 식재료를 정성껏 요리해서 먹기 시작했다. 그러고 보니 전에 요리책을 번역할 때는 나도 푸딩을 직접 만들어봤지. 오므라이스에 올릴 달걀을 몽글몽글하게 만들려면 가장자리를 젓가락으로 휘젓다가 덜 익은 상태에서 불을 꺼야 했지. 예전에 나를 즐겁게 해줬던 요리에 얽힌 일화도 번역을 하며 줄줄이 생각났다. "아마 나뿐만 아니라 누구의 마음속에도 80회분 정도는 먹는 것에 관한 이야기가 숨어 있으리라 생각한다"는 저자의 말을 나도 믿게 되었다.

만삭의 몸으로 아키타의 시장에서 강낭콩을 샀던 일, 육아에 지쳤을 때 공원에서 낯선 아저씨에게 뜨거운 와인을 얻어먹고 울 뻔했던 일, 큰아들의 고등학교 마지막 도시락을 쌌던 일, 둘째 아들이 버터로 핫케이크를 만들려 했던 일, 초등학생 딸이 실패를 거듭한 끝에 오므라이스 만들기에 성공했던 일. 이 책에 등장하는 음식 하나하나에 얽힌 에피소드는 인생의 압축판 같아서 마침 아이를 키우고 있는 나는 현재의 내 삶을 그 위로 가만히 겹쳐보곤 했다. 아마도 나는 '공원에서 낯선 아저씨에게 뜨거운 와인을 얻어먹고 눈물을 흘리는' 단계에 있는 것 같지만, 나에게도 어쩌면 자식이 오므라이스를 만들어주는 날이 올 수도 있다. '올해의 요리'를 함께 꼽으며 즐거워하는 날이 올 수도 있다. 그런 생각은 육아에 지칠 때마다 조촐하지만 그 하루를 견디기에는 충분한 희망이 되었다.

한창 육아 중인 나는 어쩔 수 없이 '엄마'의 입장에 몰입해서 이 책을 번역했다. 그래서 옮긴이 후기에까지 멋대로 개인적인 일화를 늘어놓고 말았다. 그러나 읽으시는 분들은 모쪼록 자신의 상황에 맞추어 각자의 입맛대로 즐겨주시기 바란다. 어쨌거나 저자의 말대로 누구의 마음속에도 먹는 것에 관한 이야기가 몇십 회분 정도는 숨어 있을 터다. 이 책의 약 80개에 달하는 에피소드 가운데 어느 것이든 읽는 분들의 마음속에 잠들어 있는 이야기를 흔들어 깨우는 기폭제가 된다면, 옮긴이로서 그보다 좋은 일은 없을 것이다.

2020년 10월

이지수